主編卷首 FOREWORD

今年3月14日是潘天壽誕辰100週年紀念日。

在本世紀中國畫壇上，潘天壽是繼吳昌碩、黃賓虹、齊白石之後又一位卓特的藝術巨匠，也是唯一的一位集藝術家、藝術教育家、藝術理論家於一身的藝術大師。在迄今爲止的中國繪畫史上，還沒有哪一位中國畫家能够象潘天壽這樣對當代畫壇作出如此多方面的獨創性貢獻，產生如此廣泛而深刻的影響。

潘天壽以堅定不移的民族精神和藝術信仰，經受住了本世紀衆多激烈而復雜的民族鬥争、社會鬥争和思想文化鬥争的嚴峻考驗，並在這一系列考驗中孕育成熟爲他獨特的藝術思想和藝術風格，從而把博大精深的中國民族繪畫傳統推進到了一個新的高起點。

本刊推出這期潘天壽專輯，是希望通過對潘天壽的研究，通過對潘天壽精神的倡導，以弘揚我們民族文化的優秀傳統，推動當代中國篆刻書畫藝術的健康發展。

March 14 of this year is the 100th anniversary of Pan Tianshou's birthday.

Pan Tianshou is another great master succeeding Wu Changshuo, Huang Binhong and Qi Baishi in China in the 20th century, a versatile artist successful as a painter, art educationist and art theorist. In the history of Chinese painting pan is an unparalleled artist who has made such great contributions to Chinese art and exerted such a tremendous influence on it.

With his firm national spirit and art faith Pan Tianshou withstood all severe tests in the sharp national, social, cultural and ideological conflicts, through which he formed his own unique artistic idea and style, and thus initiated a new stage in the traditional Chinese painting.

This special issue of Pan Tianshou's art is aimed at studying the great master and advocating his spirit so as to carry forward the fine tradition of our national culture and promote the development of the Chinese art of seal engraving, calligraphy ang painting.

西泠藝叢

目錄

學術研究

本刊特稿

顧　　問：趙樸初
　　　　　啓　功
主　　編：金鑑才
編輯部主任：姚建杭
執行編輯：陳　墨
出　　版：西泠印社
制　　版：杭州新僑電腦圖文有限公司
　　　　　深圳彩視電分有限公司
印　　刷：深圳雅昌彩色印刷有限公司
出版日期：1997年3月
編輯部地址：杭州孤山路31號　西泠印社
訊址：杭州郵政信箱714號　郵政編碼：310007
電話：(0571) 8803222 7976405
廣告許可證：浙臨廣審字（96）第067號
書　　號：ISBN 7-80517-237-6/J·238
定　　價：￥48元　$28元

Consultant : Zhao Puchu
Qigong
Chief editor : Jin Jiancai
Director of editorial department :
Yao Jianhang
Executive editor : Cheng Mo
Publisher : Wiling seal Engraver's Society Pubkishing House
Publishing date : March,1997
Address of editorial department :
No.31 Gushan Road Hangzhou,China
Zip Code : 310007
Tel : 0571-8803222 7976405
ISBN 7-80517-237-6/J·238
Price : RMB￥48/US$28

歷代名迹

印壇薦秀

藝苑匯觀

作品選登

二十世紀中國畫壇的大纛

□盧炘

緬懷潘天壽大師生前業績和他所遭受的不測，我常常激動得不能自已。二十世紀中國畫四大家，唯有潘先生晚年被無端剥奪了繼續從事文藝創作和教學的權利，最後在『文革』刼難中迫害致死。五年前，潘先生誕辰95週年的時候，我曾在一篇文章中沉痛地寫道：『在懷念先生的日子裏，我們爲自己的民族出了這麼一位傑出的藝術家而自豪，也爲自己的民族摧毁了這麼一位杰出的藝術家而深深地悲哀。』隨着時間的流逝，潘天壽研究近年來又有了新的突破，學術界把潘天壽放在大文化的背景下作了更廣範圍的研究，不但分析其在繪畫史上的地位和作用，而且研究其在整個文化史上的地位和作用。作爲文化巨人的潘天壽正在逐漸被人們所認識。人們關注這位歷史人物的價值意義何在？

學者們發現，潘天壽是真正自覺地從中國畫内部來發現問題，並提出自己方案的優秀畫家。『借古開今』，中國繪畫當以中國的標準來衡量，而不能以西方現代藝術的尺子作標準。中國畫有自己通向現代化的道路存在，對西方藝術可以有所借鑒吸收，但中西繪畫畢竟是兩個不同的高峰。『中西繪畫要拉開距離』——潘天壽幾十年前的告誡至今仍然是發展民族藝術的一盞明燈。

當前，我們要發展民族藝術，捍衛民族傳統，或冠之『傳統主義』，或稱之爲當代性，時代在呼喚重建人文精神。當今中國畫失落的不是技術而是精神，這無疑是問題的實質。爲什麼文藝界要呼喚大師出現，而久久未有新的大師出現呢？潘天壽的存在，使我們深深感到藝術家首先該要求自己做

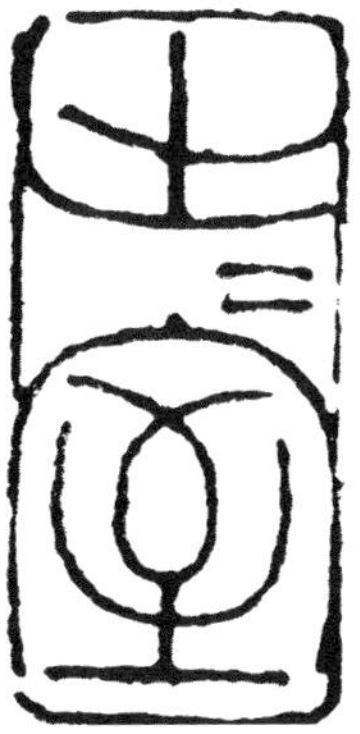

個藝術思想家。潘天壽研究確實是個富礦，值得長期研究發掘。

藝術的發展有着自己的規律，每一個時代的藝術都需要有指明方向的人，人們用『精英』來稱呼這類藝術界的領袖人物。然而精英不是自封的，他應該是一種歷史的承認，一種民族文化、民族精神的最高代表。潘天壽就是二十世紀中國的文化精英。

潘天壽，原名天授，字大頤，號壽者，阿壽、懶道人、心阿蘭若住持壽者，晚年常署雷婆頭峰壽者、東越頤者、頤翁等。1897年3月14日他誕生於浙江省寧海縣冠莊郮一個農民的家庭。潘天壽一生没有經受過專門學校的藝術訓練。1920年畢業於浙江第一師範。師範五年的學習生活，使他受到了著名的教育家經亨頤、李叔同等教師人品學養的多方面薰陶，是他日後成爲藝術大師和杰出藝術教育家的重要階段。

1923年，他來到上海，常請益於吳昌碩先生，並結成忘年之交。當時他被上海美專聘請爲國畫教授，與諸聞韻共創全國第一個中國畫系，從此他盡畢生精力于中國畫教學和中國畫創作。在上海美專，他除了任教中國畫以外，又開設中國繪畫史課。他講授的畫史課，內容十分豐富，洋溢着强烈的民族自尊精神。1926年商務印書館出版了他的《中國繪畫史》，此書就是以當時他的講課筆記整理而成的，是國內最早的中國繪畫史之一，被列入『大學叢書』作爲教材。以後，經數次修改再版。與當時的同類史論著作比較，此書資料豐富，繁簡適度，分析精當，並克服了一般繪畫史繁於古、略於近的弱點，加重了近代資料的取擇，對後來的美術史研究起了一定的推動作用。繪畫史研究，使潘天壽在一踏上中國畫教學崗位時就站得比較高，着眼於傳統、流派、風格等大問題，並從整個繪畫史的高度來思考中國畫教學和他自己的藝術道路。

1928年杭州國立藝術院（1930年起改名爲國立杭州藝專）成立，他受聘爲國畫系主任教授，從此開始定居杭州，同時在上海美專、新華藝專、昌明藝專兼教國畫課。八年抗日戰爭時期，國立杭州藝專內遷到湖南沅陵，與國立北平藝專合並爲國立藝專，又遷昆明，重慶，他一直任國畫系主任，1944年接任國立藝專校長。抗戰勝利後復校遷杭，他辭去校長職務，專心於學術。新中國成立後，他繼續從事中國畫教學和創作，後復任國畫系主任。1957年任中央美院華東分院副院長，1958年被聘爲蘇聯藝術科學院名譽院士，1959年復任浙江美術學院院長，1960年任全國美協副主席、浙江美協主席。他是第一、二、三屆全國人大代表。他的中國畫創作被公認是繼吳昌碩、齊白石、黃賓虹之後的又一個高峰。他特長意筆花鳥及山水，兼擅指墨畫，偶作人物亦多別緻，對書法、詩詞、篆刻、畫史等均有精湛的研究與豐富的著作，對中國民族美術事業作出了卓越的貢獻。

正當潘先生以旺盛的精力向自己的藝術峰巔攀越之際，一場『文化大革命』無情地中斷了他的藝術生涯。1971年9月5日，他被迫害致死。

潘天壽生活的時代，中西文化交匯衝突，社會環境激烈動蕩。從這種歷史的大背景下考察潘天壽的藝術活動，我們更能體會到他的藝術成就以及他在美術史上的崇高地位。

潘天壽的一生中，中國畫經受了三十年代、五十年代以及『文革』的三次大衝擊。引進西方文化，求助西畫改革中國畫，融合中西，以蘇聯寫實主義改造中國畫，以至否定中國畫的存在價值，造成了近一個世紀來中國畫發展歷史的三次大曲折。

早在本世紀初，康有爲首次提出以西方寫實主義代替文人畫的主張，這是他政治上經世致用主張的延伸。1921年陳師曾發表了有名的《文人畫之價值》，通過正面分析，客觀上對康氏簡單否定文人畫的謬論予以批判。陳師曾無疑是本世紀關於文人畫之争的最早的一座燈塔。盡管他在二年以後不幸病逝於南京，而他對文人畫本質上的肯定，意義非凡。然而，最後真正能站穩脚根，力挽狂瀾，並以理論和實踐兩個方面的杰出成就，在三次大衝擊中成爲中國畫領域中流砥柱的，是潘天壽先生。

潘天壽提出了一條强調民族風格，在繼承傳統的基礎上創新的改造和發展中國畫的途徑，他曾簡潔地表述爲：『借古開今』。二十世紀中國畫壇，從吳昌碩、齊白石、黃賓虹到潘天壽，他們走的正是這條借古開今的道路。相比之下，吳昌碩長潘天壽53歲，齊白石、黃賓虹也分別長潘天壽34-35歲，這些前輩大師雖以自己成功的藝術實踐證明了這條切實可行的道路，但卻没有像潘天壽那樣就中國畫的生存發展問題，有鍼對性地總結出系統的理論。

潘天壽不是一位單純的創作賣畫爲生的職業畫家，他是中國培養藝術家的最高學府的教授、校長，又身爲全國美協副主席和人大代表。歷史的機遇，加上他個人的天賦，强烈的使命感和鍥而不捨的精神，使潘天壽不但繼他的前輩之後登上了又一個新的藝術高峰，而且成爲整整一個時代指明方向的人。

人們發現潘天壽數十年來觀點鮮明，態度堅定，從來没有因爲政治、經濟等的强大壓力而産生動摇，他的成功正有賴於目標明確。他主張：『中西繪畫，要拉開距離；個人風格，要有獨創性』又主張『學古人要登堂入室，先鑽進去，再跳出來，纔有爲現實創作的條件。』潘天壽强調中國畫必須保持民族繪畫的特色，他的『距離説』，是近些年在中國畫壇影響最大的學説，他本人的繪畫創作也實踐着自己的理論。

潘天壽非常懂畫，對中國畫的理解特别深刻。這樣説也許有人會反問，中國畫家豈能不懂中國畫嗎？事實上，中國畫壇有相當數量的畫家還談不上真正地懂中國畫。潘天壽曾在一次教學討論會上感慨地説：『我教了四十多年的中國畫，也没有教出幾個好的中國畫家來。』又説過：『多少絶頂聰明的人，碰過多少壁，走過多少曲折的路，有過多少創獲和成就，其中甘苦幾人知！』我們正是從這個意義上來説，潘天壽對傳統中國畫的理解確是高人一籌。

潘天壽的畫特别注重意境、氣韻、格調等中國民族繪畫的價值標準。他是文人畫優秀傳統的繼承者，又是末流文人畫的批判者。他的作品總給人氣魄宏大，令人激動振奮的感覺。他的花鳥清新剛健而朝氣蓬勃，他改變了傳統的折枝花卉畫法，把花鳥放在大自然中去表現，特别喜歡畫有生氣有野氣的東西。他的山水蒼古厚重而静穆幽深，非常注重山川的傳神和寓意。他認爲，藝術不能没有主觀的因素，畫是主觀的感情和客觀對象結合的産物。他的作品真誠樸實，充溢着内在的精神美，體現了中華民族的深沉的精神力量。中國文化是重視精神道德的文化，只有當一個藝術家的道德、修養、境界、情感、藝術氣質和技藝都達到高水平的和諧匹配時，纔能創造出真正具有永久價值的作品。潘天壽正是比許多同時代的畫家具有更强的道德自覺和社會責任感。這可以追述到他青年時代曾受教於李叔同、經亨頤等民主主義教育家，一生均以弘揚民

族藝術爲己任，淡泊名利，剛直不阿，獨立思考，服從真理。他不僅僅是一位畫家，而且具有思想家的素質。他對於中國民族藝術在近現代所面臨的問題的把握，超出了同時代的其他畫家。

潘天壽的獨立人格向來被美術界所崇敬，凡是涉及藝術和藝術教學上的見解，他從不含糊，盡管他平時和藹可親、隨和恬淡。三四十年代，他不屑於與黨棍、政客爲伍，甚至可以弃國立藝專校長之職而無悔。五六十年代，他欣慰於社會安定，但對虛無主義的文化自卑情緒、否定中國畫的思潮敢於頂風逆浪，一如既往。有人說：『中國畫不能畫工農兵所喜聞樂見的人物畫』，他就畫起了人物畫；有人說：『中國畫不能畫大畫，所以不能爲現實服務』，他就接二連三畫出精彩的丈二幅面的大畫來。他以自己的行動給予否定中國畫價值的思潮以有力的回擊。在擔任美院院長以後，他敢於重用有真才實學的人，如聘請戴着右派帽子的陸儼少爲美院國畫系教授，主持山水畫教學工作。在貫徹向工農開門的教育方針時，他又敢堵住不顧質量，將工農分子免考入學的歪風。教育與生產勞動相結合，曾一度主次顛倒，也是他出來糾偏。他常常忘了自己是統戰對象，不顧個人後果而耿直行事。他是在以赤子之心，報效自己的祖國和人民，發展民族的繪畫事業。

在文藝爲政治服務的大潮中，多數畫家從根本上改變傳統的觀照方式，改變題材的選擇方式，諸如在山水畫中簡單地加進紅旗、電杆、拖拉機等現代內容，但同時也丢棄了傳統文人畫對意境、格調、筆墨等等要求。潘天壽於此種政治環境的壓力之中，卻不取這類態度，他知道這將意味着什麽，所以依然不放棄傳統的『入畫』標準，不畫自己生疏的不入畫的題材，並堅持民族繪畫的優秀傳統，嚴格把握作品的意境、格調。他的人格就像畫中的大石頭，方方正正，實實在在。他畫的貓也好，水牛也好，或者是墨鷄，幾乎都可以看成是結結實實的石塊，非常厚重。他本身就是非常有學問非常厚重的學者。從某種意義說，他畫畫就是在畫自己，不需要絲毫做作，所以非常真切，人品畫品十分統一。

深入新安江水電站工地體驗生活，他卻對新安江一帶的祖國壯麗河山激動不已。所以不像其他畫家那樣描繪車水馬龍修大壩的場面和突出高壓電杆，卻用自己的筆墨畫出新安江銅官鐵礦附近的河山景色。拳頭形的巨巖，游龍般的擎天蒼松，直接蒼天的懸崖絕壁。又在最下邊畫了七八艘祇見白帆不見船身的帆船。一方面襯托崖高水深，一方面偶然引出了另一個與大煉鋼鐵有關的飛運煤鐵，深山藏富的主題。這就是1958年創作的氣勢非凡的大畫《鐵石帆運圖》。他與一批美院師生赴杭州郊區參觀早稻豐收。別人注意到早稻，他卻被村邊池塘中茁壯的荷花所吸引，而且又聯想到華山蓮花蜂頭玉井中所種植之芙蕖。他便畫起荷花來了。一般畫家畫荷着意於亭亭净植，清漣不染之習性，而潘天壽這幅《露氣》表現的卻是荷花的『粗豪蓬勃之緻』。（後來這幅畫被選送出國展覽，得到一致好評）潘天壽就是這樣一位完全生活在自己的精神世界裏的可愛的藝術家。

潘天壽是民族繪畫最堅强的捍衛者，但他絕對不是一個因循守舊的保守派。他主張學習傳統，是因爲他理解傳統精華之價值，他要求有所創新，是認識到藝術獨創之重要。用他的話說，『藝術的重復等於零，有了我還要你幹什麽？』作畫須『心有古人毋忘我』。

潘天壽的藝術是中國傳統繪畫的

延續、發展和變革，他遠承五代、兩宋的董、巨、馬、夏，元代的吳仲圭、沈石田、方方壺，以及清初的石奚、八大、石濤諸家，又受到吳昌碩的影響。他不存門户之見，取精用宏，博採衆長。他兼容南派北派，吳派浙派之長，擅長把相反的審美追求整合在一起。對傳統文人畫進行了認真的研究解讀之後，他認定傳統繪畫的筆墨技法是民族藝術的重要特點。他認爲，這『是多少年代、多少畫家』的創作經驗積纍起來的，因此我們就須重視牠，好好地研究牠，整理牠，將牠繼承下來。不要没有經過分析研究就輕率地去抹煞和否定牠。

他在前人的基礎上建立了自己獨特的筆墨語言。

潘天壽非常重視中國畫以綫爲主的特點，並以自己極爲深厚的傳統功力把綫發展到極致。潘天壽用綫，造形概括，骨峻力遒，融書法『屋漏痕』、『折釵股』等手法於畫中，運筆果斷而精煉，强悍而有控制，藏豪放堅勁之力於含蓄樸拙之中，具有雄健、剛直、凝煉、老辣、生澀的特點。他兼用中鋒側鋒，筆綫中表現出的『力』總是那麼强悍，『氣』也總是那麼充盈。他喜用剛直挺勁的直綫而絶少弧綫，以方筆代替前人的圓筆，又頓挫、轉折而具書法藝術效果。他常在畫面上畫出突兀一塊巨巖，而且前無古人地不畫什麼皴擦，僅用幾條精彩的綫條勾勒輪廓。因爲他的用筆特別凝重，筆端如有金剛杵，故能力透紙背，所以巨巖依然很有體積感、重量感。加上他所特有的圓潤、厚重的苔點，巨巖又顯得特別蒼古。黄賓虹曾稱贊他『筆力損鼎』，是十分中肯的。人們欣羡他有深厚的書法造詣，即使是『文革』遭批判時，他寫的大字報一夜之間就會不翼而飛，被愛好書法的人作爲書法珍品而悄悄收藏起來，並當作習字的臨本。

他的用墨，枯濕濃淡均見深厚的傳統功力，尤其是潑墨，更是元氣淋漓，深得蒼茫厚重之緻。他曾吸收石濤的破墨洇化，幹濕互用，造成淋漓酣暢的水墨效果。但後來他有意減弱每一筆中的濃淡變化，減少畫面上皴染的墨色層次，多用濃墨焦墨而黑白對比强烈，這是爲了尋求更强烈更整體的效果。人們起初以爲這種處理略少韻味，但一當開起展覽來，潘天壽的整體效果强烈鮮明，以至於別的畫家總不情願把自己的作品放在他的作品旁邊。因爲潘天壽的作品特別奪人眼目，別的作品往往就此而『看不見』了。

他不僅淡墨見筆，仍有厚重之感，焦墨又能得『乾裂秋風，潤含春雨』之妙。

畫上用色，潘先生以原色、正色爲多。色彩可以復雜勝，也可以單純勝。復雜不易，單純也不易。他的用色古艷淡雅，清超絶俗，不追求用色的復雜，十分注意色不礙墨，墨不礙色，以及色不礙色。《新放》、《籬菊》、《朱荷》一類惟以淡色求清逸，《小龍湫下一角》、《記寫雁蕩山花》、《和平鴿圖》等重彩則得古厚之妙，色多色少均能得用色之極境。用墨用色亦與西畫的色彩理論有別。

潘天壽晚年特多指墨畫，他作指畫並非標新立異，以指畫來追求毛筆畫的效果，而是因爲手指能畫出似斷非斷，似連非連的綫條，比毛筆所畫的更生澀、老辣和有拙味。從而更適合表現他所追求的深沉的力量感，與他質樸、剛直的强烈個性十分吻合。指畫創始者一般推清代畫家高其佩，但至潘天壽達到了頂峰。他晚年的巨幅指畫《無限風光》、《初升》、《耕罷》、《凝視》、《梅月圖》，其沉雄壯闊之境界確實前無古人。在《無限風光》一畫上，他欣然題道：『偶作指畫，氣象在鐵嶺清湘之外矣。』鐵嶺，即高其佩，清湘，即石濤和尚，潘天壽如此謙虛之人,亦有『當仁不讓于師』之氣慨。

潘天壽的繪畫是一種『大寫意』繪畫,筆綫粗而果敢,筆筆要求清清爽爽,落筆不能猶豫。但是『大寫意』並非個個畫家都能用大筆揮出淋灕酣暢的作品來。有的失之粗俗,有的失之纖弱,有的筆墨雖精但通篇平平,有的找不出什麼毛病,但就是不耐看。反之,潘天壽的畫幾乎每一幅都非常經得起看,經得起時間的考驗。原因何在?格調高,筆墨精自然都有關係,但格調高,筆墨精,的中國畫家豈止潘天壽一人,潘天壽的藝術還在於構圖奇崛及特別富有內涵,他人難以企及。

如果說吳昌碩以金石書法入畫,酣暢雄强而明麗典雅;齊白石具有平民本色,作品天真童趣而簡拙生辣;黃賓虹以學識的深邃幽奧,獲得了渾厚華滋的效果;那末潘天壽則以自强不息的生命之活力,『一味霸悍』地獨攬雄偉博大之氣勢。

潘天壽的作品大氣磅礴,奇崛高古,在繪畫史上獨樹一幟。在最近舉行的一次潘天壽國際學術研討會上,人們普遍認爲,潘天壽與他的前輩相比,在構成造型方面有重大突破,而這正是中國傳統繪畫的薄弱環節。傳統繪畫追求平穩和諧,潘天壽在構圖上敢於走極端,追求奇險沉雄,喜用『不平衡的平衡』、『造險、破險』他那方正、嚴整的造型完全是力的贊歌,具有極强的現代意識。『力兼美,入奇正』,這是他的見解。他有兩枚常用的印章,一枚是『一味霸悍』,另一枚是『强其骨』他用這兩枚印章時時提醒自己從『骨力』和『氣勢』兩個方面力糾前朝中國畫的萎靡不正,並取得了成功。他出色的作品是他理論的最好實踐,同時,閃光的理論亦是他繪畫實踐的總結。從這層意義上說,潘天壽的創新是一場現代的革命,他在中國畫最爲薄弱的環節把傳統藝術推進到現代。正如一位理論家所說,『這是前無古人的,當代也没有一個人可以有他這樣的地位。』

潘天壽傑出的構圖能力,這是連吳昌碩、齊白石、黃賓虹這些前輩大師也難以比肩。他的畫,尤其是大畫,構圖宏大,奇險多變又非常嚴謹,强勁有力而頗具結構美,極具震撼心靈的力量。他對西畫有某種吸收,如對平面分割的理解,但他是結合傳統中國畫布置注意取捨、虛實、主次、疏密、穿插、掩映、斜正、撑持、開合、呼應、計白當黑,來通盤考慮的,所以他的中國畫沒有絲毫西化的痕跡。他對傳統章法有自己的理解,譬如對『取捨』的理解,他認爲:『捨取, 必須合於理法,故曰:捨取不由人也。捨取,必須出於畫人之藝心,故曰:捨取可由人也。懂得此意,然後可以談寫生,談布置。』同樣,對於『虛實』,他認爲:『虛中須注意有實,實中須注意有虛也。實中之虛,重要在於大虛,亦難於大虛也。虛中之實,重要在於大實,亦難於大實也。而虛中之實,尤難於實中之虛也。蓋虛中之實,每在布置外之意境。』『畫事能知以實求虛,以虛求實,即得虛實變化之道矣。』他的畫非常注意留出空白,不但分出大空白、小空白,又有虛空白,實空白。有的空白必須破掉,有的空白動牠不得,應該保留,他都十分講究。對於『計白當黑』、『知白守黑』以及『有藏有露處理』、『四邊四角』等等畫理都有過極認真極精細的研究。他特別善於辯證地把握藝術規律。

人們發現,『祇有潘天壽纔算得上是真正自覺地從中國畫內部來發現問題,並提出自己方案的優秀畫家。』他繼承了文人畫的優秀傳統而改變了文人畫的圖式。

他的畫又總是洋溢着勃勃生機和

濃鬱親切的生活氣息，處處流露出那種他所特有的剛毅品質和超逸情懷。不論是一草一木、一花一石都極富生命力，即使是一窠亘古老梅，也會在春寒料峭中怒放新花。他表現的是峥嶸壯闊的時代精神而不再是表現孤傲超脱的内心世界，他的畫風充盈着强悍有力的現代意識而不是蕭散淡遠的孤芳自賞。

潘天壽不僅僅是傑出的畫家和美術理論家，他還是出色的詩人和書法家。他的詩作功力紮實，峻峭橫肆，意出人表。其詩集輯録三百餘首，言志抒情，各體皆備。其造詣之深，於近現代畫家中亦不可多得。書法成就更高，行草源於黄道周，倪元璐，篆隸得力於卜文，二爨，在繼承中積數十年探索，遂以豪邁樸茂之風格獨闢蹊徑，自成大家。尤於總體布局方面可稱爲現代書壇之高標。歸結到繪畫，他的繪畫既是詩書畫印交融的傳統中國畫的一個總結，又是對舊時代傳統中國畫的一種超越，是傳統的，又是現代的。潘天壽的藝術是民族的，又是世界的。他以特有的樸厚誠摯的赤子之心，用强有力的藝術語言譜寫了民族文化，民族精神的壯美贊歌。

取得如此卓越的繪畫成就，可潘天壽先生自己卻不以畫家自居。他總謙虚地説自己是個教書匠。他從事中國畫教學達半個世紀之久，對中國畫的教育思想，教學體制和教學方式做了大量的研究，並付諸實施，從而改變了傳統中國畫師徒相傳的局面。在他任期内中國畫實行人物、山水、花鳥分科教學，隨後迅速推廣到全國，從而爲中國畫界培養了一批精專尖的人材，對於搶救山水、花鳥兩類畫種起了重要的作用。他首創在中國畫系開辦書法篆刻專業，改變了書法後繼無人的局面。他身體力行，團結中國畫系師生共同把浙江美術學院的中國畫系辦成師資力量雄厚，教材資料豐富，教學嚴謹紮實的全國最有影響的重點系。他不愧爲現代中國畫教學的主要奠基人。

尤其是建國以來，綜觀中國的美術教學，只有徐悲鴻和潘天壽分別建立了不同的完整的教學體系，一個在北，一個在南，兩大體系至今仍在延續發展。在新的歷史背景下，如何發展中國的民族藝術，潘天壽與徐悲鴻有不同的着眼點和主張，但他們的愛國之心卻是相同的，而且都産生了深遠的影響。

潘天壽先生不但給我們留下了大量極其珍貴的書畫作品，還留下了豐富的著述。其中有《中國繪畫史》、《中國花鳥畫簡史》、《中國書法史》、《聽天閣畫談隨筆》、《潘天壽文集》、《顧愷之》、《治印叢談》、《無謂齋談屑》、《聽天閣詩存》等等專著。

綜上所述，潘天壽的貢獻是多方面的，影響是深遠的。在二十世紀文化和社會大變革的時代，如何認識和對待民族文化傳統？如何把握處理傳統與外來文化的關係？如何立足於中國本土，在繼承民族傳統的基礎上走出一條不同於西方現代主義的中國式的現代化道路來——這是近百年中國藝術領域争論探討的核心問題，衆多的藝術家都爲此作出過自己的努力，其間取得過許多成績和經驗，也有過不少失誤和教訓。潘天壽的可貴之處在於，他是真正從中國繪畫體系内部發現問題，並明確提出解決方案的人；他真正從學術層面上捍衛了民族傳統，並以出色的實踐成果發展了民族傳統。他的高瞻遠矚的學術眼光和高尚人格越來越受到專家學者和整個美術界的崇敬。

《西泠藝叢》發行部郵購書目（潘天壽專題）

開户行：杭州翠苑城市信用社 帳號：20630201044821 單位：西泠藝叢發行部

郵址：杭州市郵政信箱714號 郵編：310007 電話：0571-8803222

編號	書名	郵購價	開本面數	内容簡介
9701	潘天壽畫集（精）	80.00	8開	主要收集了潘天壽的精品之作近40幅
9702	潘天壽畫集（上、下）	850.00	8開	潘天壽書畫全集
9703	潘天壽、吴茀之、諸樂三課徒筆記	24.00	16開	介紹三位教授在教學當中的一些課徒筆記。
9704	潘天壽畫語（精） 潘天壽畫語（平）	20.00 11.00	大32開	集中介紹潘天壽的教學理論體系及對藝術思想、美術教育畫史畫論的獨到見解。
9705	中國近現代名家畫集—潘天寿	396.00	8開	潘天壽的主要繪畫成果的總攬
9706	榮寶齋畫譜—潘天壽花鳥	16.00	8開	供初學者參考之書
9707	當代名家中國畫全集—潘天壽（軟精）	75.00	8開	與9701基本相同

爲了配合潘天壽誕辰100周年的紀念活動，本部從各地出版社組織到一批有關潘天壽的畫册及著作，以饗讀者，歡迎選購。圖書郵購價已含郵資，請勿再加寄郵挂費。

《西泠藝叢》廣告價目表（1997年1月1日起實行）

规格（高×宽）厘 米	封二	封三	内页		
			彩色版		黑白版
28 × 21	18000.00	15000.00	整版	10000.00	8000.00
14 × 10			半版	5500.00	4500.00

《西泠藝叢》是西泠印社的一本集篆刻、書畫爲一體的綜合性藝術叢刊，自1979年創辦以來，由于具有較高的藝術品味，深受海内外書畫界人士的好評。

《西泠藝叢》現爲季刊，每季末出版，由西泠印社（出版社）出版，西泠藝叢發行部發行，大16開本，128個頁碼，内頁以128克進口亞粉紙彩色精印，裝幀精美，融學術性、資料性、收藏性、知識性爲一體，是目前國内最具權威，高檔次的一本綜合性藝術刊物。國内發行一萬册，國外發行一千册。

開户行：上海浦發杭州分行保俶辦　　　　全稱：西泠藝叢編輯部

帳號：6254292021324

金石之言 永銘於心

——憶潘天壽先生教我學篆刻

□劉 江

1945年秋，我考入當時在重慶的國立藝術專科學校預科班，教我們書法課的老師是潘天壽校長，課餘或休息時，我常向他請教篆刻。一年後我又選學了油畫系，接着就參軍去了，没有機緣與他接觸。1957年，我調幹學習後回校，選學了國畫，1961年畢業留校任教，直到他1971年去世這段時間裏與潘先生接觸較多，且常請教。雖是有關學習篆刻的幾件小事，但卻記憶深深，現記寫於此，以表示對他真誠的懷念和感激。

一、要多臨漢印

1945年秋開學不久，潘天壽校長來給我班上書法課，第一課講的是學習書法的重要性，以及必備的工具材料和如何選筆、選帖的常識介紹等。事過五十年，講課的具體內容已記不清了，但有句話還記得：『若以後學習國畫，書法就是重要的基礎課了，還要學習刻印章，學做詩詞題跋……』。後來聽高班同學介紹，潘先生圖章也刻得很好。於是在下周的書法課時，他輪流巡視，到我的課桌前，指導了臨書後，我便把早準備好的一本高中時仿刻齊白石和其他印人的印拓請他批評。他接過小本子，每一頁都翻視了，然后對我説：『學刻印章應先從臨摹漢印入手，要多臨漢印。』『不要先去學齊白石等當今印人之作，要取法乎上。』『漢印古樸典雅，大方厚重，臨學漢印不會走入邪道。』因爲讀中學時，自己喜歡刻刻印章，無人指導，便利用星期天到縣城刻字店去觀摩，後來知道那是不好的，很做作。但當時覺得刻得很有古味。後來又來了一位齊白石的學生，在縣城搞書畫篆刻展，我和一位同學還特地請了假去向他請教，並拜了他作老師，於是他教了我們

如何磨印石、反書上石，以及運刀、刻款等，還給了我們不少印拓，這便成了我們後來學習倣刻的『老師』和範本，送給潘先生批評的就是那時的『作品』。第一次聽到這樣的批評，覺得很新鮮，而且他批評時又那樣肯定，於是便遵照他的意見，去找了些漢印的印刷品來臨摹。

二、印文要易識

大約是1962年新年之季，學生會爲了印製賀年片，一位同學來向我借一方『爲人民服務』的圖章，作爲賀年片的裝飾內容。在系裏的新春聯歡會上，潘院長也來參加了，他得到這張賀年卡時看了看後說：『用紅色的圖案作賀年片，旁邊飾一些粉綠的花紋作陪襯，這倒新鮮，富有民族特色。』邊說邊看內容，讀道：『是什麽民服務？』並問是誰刻的？正好當時我在旁，就回答說是我刻的，是『爲人民服務』，並請他批評。他即說：『印文是好的，但篆刻文字，也應盡量從群衆易識這個方面去靠攏，更不要故意變形、穿插，或選不易認識的偏僻怪字，讓人家不易看懂。』因我前兩年正在學古璽，覺得古璽文字大小參差，有的互爲穿插很有變化，於是我就將『人』字的筆劃縮小，放在『爲』字之下，兩字在一起，初看像『爲』，又不是『爲』字。當時他的批評，我心頭覺得有點委屈，但後來仔細想想，覺得他講的還是很有道理，不要爲追求藝術化的處理，而忽視了群衆觀點。後來我在撰寫潘先生的篆刻藝術評價中，研讀了他寫的有關文章與所刻的印章印文，不論章法如何變化、變形，但都具有易識這個特點。於是纔進一步體會到印字的選擇與變化，在不損字形字義的情況下，應盡量從易識的角度靠攏纔對。

三、要『量體裁衣』

在1960年前後，我曾二次去潘先生家，專門是爲鈐拓他的常用印，以作爲自己學習的參考，一是因當時市上印譜很少賣，二是爲研究他的喜好與風格，當鈐完之後，請他一一說明作者是誰，我則一一用鉛筆記載於旁，有許多未署款的都是他自己刻的，有少數幾方則是早年別人刻好送他，但刻得不太好，而臨時又需要這樣大小形狀的印石，一時找不到合適的，故磨了重刻。同時他還說道：『年青時，我很喜歡刻印，中年後覺得自己又要畫畫、寫字，又要作詩，刻印，又要教書，研究史論，精力太分散，時間又不够用，於是決定放棄一些項目，主要用在畫畫方面，印也就少刻了。』『六十年代前後這幾年，到處布置用的大畫增多了，有時因爲畫幅的大小形式與題材不同，題款的長短疏密各異，需要有相應形式和內容的印章時，舊有的又不合用，新的又一時找人刻來不及，不得已就自己臨時刻了幾顆。』我說這也可稱作爲『量體裁衣』了。他點了點頭表示贊同說：『畫面上的用印，大小朱白等都應從畫面大小、疏密關係去考慮。』這樣纔可能與畫面整體效果相諧調一致。但世間也可見不少畫作中的印章是千篇一律，尤其是一些有主題性的創作，畫還不錯，但用印極不諧調，或是大小不配，或是內容互無關聯，或是朱白輕重失調……這都是未能把印章作爲繪畫創作中的整體考慮進去的結果。

當然，作爲獨立性的篆刻創作，那又當別論了。

四、重點在布白

1961年秋冬之季，潘先生在國畫系講『中國畫的布局問題』時說：『一幅畫，一張字，一方印都有一個布局的問題，然其基本原則是相同的，既要有變化，又要有規則。即在規則中求變化，在變化中求統一。』又說：『一般人布局祇知道布實，而忘卻了布虛。其實應在布實的時候，就要布虛。』下

虛。』下課休息時，我順便拿起課桌上一本《齋畫集》，翻到最後一頁，請教他對簡琴齋圖章的評價，他說：『是好的』，指着倣古璽的幾方說：『這些重點在布白』，指着另兩方甲骨文說：『這種運刀有味道。』又說：『這與中國畫一樣，要處理好黑白、虛實的關係。』『對空白有深入的理解，纔能處理好畫面的黑實之處。』

他指出的古璽等印的布局特點，『重點在布白』是很有見地的，其實參看他的作品，多是從漢印一路出來的，也非常重視布白，並在《治印叢談》和其他論中國畫布置等演講或文章中，也多次談到這個觀點及其一些具體的事例，來説明這一分朱布白之理。如：治印如作畫，畫之佳者疏密濃淡臻其妙，治印至精能處亦當如此。漢印凡印文一二字有空缺不可映帶者，聽其自空，古印中多有之。』『古璽常有疏處極疏，密處極密，所謂：疏處可以走馬，密處不使通風也。』又說：『布置，第一須求自然。』（治印叢談），由此聯繫到我所刻的『爲人民服務』，其被批評不易識，就是屬這一病例——故作疏密虛實而顯得不自然也。

五、修養要高，身體要好

1962年西安畫院有些畫家來校，在接待室他們訪問了潘院長並請他談了談有關中國畫的提高等問題。我校有幾位青年教師也在旁聽，潘先生說：『畫家應該用繪畫本身來反映生活，但他如果能用其他手段來輔助還是可以的，如用文字或詩詞的題句，圖章等。但如果題句，鈐印的圖章不好，反而損害了畫面。所以畫家還應加強詩文、篆刻、書法的根底修養。任何一種學問，肚子裏有多少，就會對作品有多少的影響。』

是年冬潘先生在花鳥工作室講課時也談到，『印章要刻好也要多方面的修養。印章上所用的文字，以篆書爲主，亦間隸楷，故須先攻文字之學與篆隸楷草的書寫……與書畫的原理原則全同，與詩的意趣，亦相互會通。學印亦須詩、書、畫兼學，四者皆爲基礎也。』

1962年春季以後，我在系裏作秘書工作，又要進修，同時自己也正在撰寫一本《篆刻理法》的小書，又要管理學生思想等事，因此較忙，工作之餘就抓緊時間找資料，讀、寫，節假日也不休息，平常似乎也是分秒必爭。爲此身體弄得很差，寫作一小時後常頭痛，便用冷水澆頭使之清醒一些再作，後來半小時左右也會頭暈頭痛，十分煩惱焦慮。大約是1963年秋潘先生見我面黃肌瘦便問我『爲什麽近來身體不大好？』我便如實向他匯報以上情況。他接着談道：『這是用腦過度，視神經疲勞，要休息。』同時講道他自己，『我三十多歲時在上海美專教書，每天要畫畫，又要撰寫《中國繪畫史》，也是日以繼夜查閱資料，核對史實，勞累過度，影響大腦，經常頭暈，後來醫生告誡說：要徹底休息一段時間纔可能恢復。於是放下筆，休息三個多月後，情况好轉，纔又慢慢再繼續寫下去。』『你現在抓緊用功是好的，但身體一定得注意，應全部放下休息三個月再說，否則會影響終生。』我聽他的話後，正好講到點子上，如飲清泉，頓時清新。於是放下筆，不看書，不寫作，讓眼腦徹底休息，除一般工作外，就是爬山、遊公園、逛街，三個月後，果然好轉。並注意有節制的看書、用腦，按時休息，身體也就一天天好起來了。事過三十多年了，我依然銘記潘先生的告誡，要按時休息，『感到疲勞時就應休息，不要硬拼』『身體好是事業的基礎。』

一九九六年十一月五日於涌金門外

潘天壽的當代性及其意義

——重建人文精神的圖式

□生 有

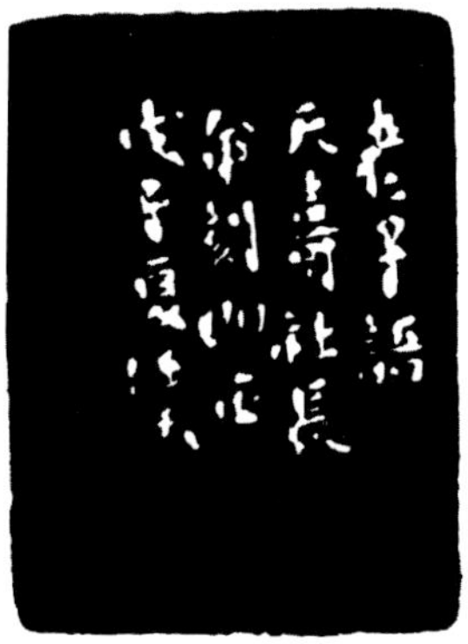

二十年前就有人説，『潘天壽該束之高閣了』。而爲之辯護者則認爲，『潘天壽已經成了偉大藝術傳統的一部份』，並引用貢布裏希爲米開朗基羅所作的相同辯護説：『不管我們喜歡他與否，他的偉大之處正是我們受命講述的歷史故事中的一個情節，牠構成了情境邏輯的一部份，沒有牠，歷史將陷入混亂。』（范景中《藝術家和傳統——紀念潘天壽誕辰九十週年》）如此看來，潘天壽的時代（如果説有這個時代的話）確實是『終結』了。因爲他（用一種高度頌揚的説法）不過是『歷史故事中的一個情節』和『情境邏輯的一部份』而已，他是屬於過去的，或者説他已經『過去』了。不論他如何偉大和重要，沒有他最嚴重的後果也僅僅是『歷史將陷入混亂』，這和我們（現在）沒有關係，至多衹是給美術史家（確切一點講，是給部份中國近代美術史家）帶來一點問題。

那末，我們今天再來談論潘天壽有什麼意義？我們今天是在何種意義上談論潘天壽？當然，我們可以空洞而『深刻』地説，這『談論』本身就足以説明潘天壽對於我們，對於今天的意義。這確實沒有錯。『空洞』是很少會出錯的，除非你以爲牠本身就是一個錯誤。但是，當我們的談論均墮入純粹的技術主義和交往回憶的時候，這恰恰證明了潘天壽確實是過去了，因爲這種談論我們可以對任何時代的任何一位畫家。這並不構成他具有『當代性』的充足理由。

按照德國人的説法，『終結』並不是指簡單的『終止』，還意指着『完成』。（這和漢語的詞源也很相近），『終』（結局，完）『結』（成果，聚合）。並且猶如形而上學，『終結作爲完成乃是聚集到最極端的可能性中去。』（海德格爾《面向思的事情》）從一般（技術）意義上看，潘天壽的繪畫圖式確實是『集中了牠最極端的可能性』。所以有人説潘天壽是『現代中國畫壇上把傳統規範推到邊界與險峰的大畫家。』是『傳統繪畫最臨近現代邊界而終未跨入現代的大師。』

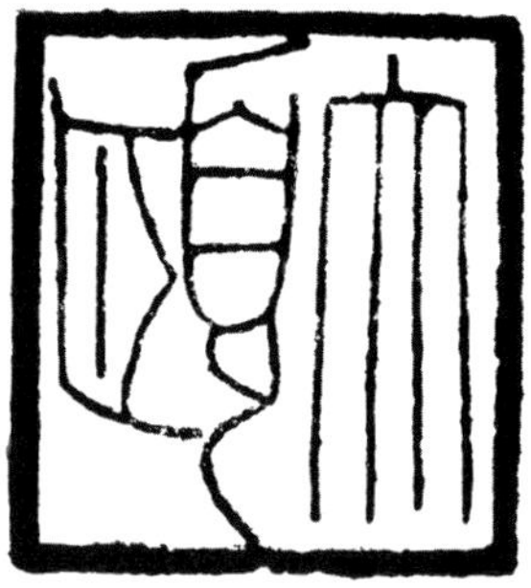

(郎紹君《近現代的傳統派大師》)還有人說：『如果潘天壽再走下去，他很可能走向抽象。』(我不知道他是沒有看到，還是根本不顧潘天壽自己的說法：『形式主義的畫是很不似的，這不是我們所要求的東西。』)也許對潘天壽繪畫圖式的承繼與拓展確實十分困難，牠幾乎在各個方面，用(技術的)極端封鎖了前行的道路。要像潘天壽從吳(昌碩)派中走出來(潘天壽是吳派中走出來的惟一特例)那樣從潘派之中走出來的可能性是極小的。潘天壽在中國近代美術教育界是一位前輩大師，真可謂桃李滿天下，有多少近，現代大畫家都出自其門。但是沒有一個成功的弟子是直接承繼他的繪畫圖式，或者是直接從他的繪畫圖式中走出來的。

再從廣一點的視野看，中國畫的今天實在是沒有能和潘天壽比肩的大師，可以說是無人能望其項背。這並不是因爲我們缺少技術，我們今天擁有的技術手段和創造新的視覺圖式的可能性，從純粹技術的角度看，比之潘天壽時代是不知勝過多少倍。今天我們擁有比任何一個時代都多得多的技術手段(包括材料、工具與技法)；擁有比任何一個時代都多得多的畫家；擁有比任何一個時代都多得多的財力、物力投入；擁有比任何一個時代都多得多的信息與交流；擁有比任何一個時代都多得多的藝術市場；擁有比任何一個時代都多得多的觀衆，並且這個觀衆群從整體上說比任何一個時代都具有高得多的文化素養及背景知識。但是，盡管好像萬事俱備，大師卻仍不出現，這也並不是因爲今天不需要大師，我們不是一有機會就在『呼喚』大師嗎！

當代中國畫到底缺失了什麼？大師的缺席其實僅僅是一個『標』。而其『本』在於中國畫的精神——『中國畫精神』隨着潘天壽的作古而『缺席』了。潘天壽之所以是真正配作『大師』的人物，是因爲他是『中國畫精神』的擔當者，他自己是確確實實地清楚自己就『是』這個『擔當者』。這裏當然已經包含着，潘天壽是『知道』這個『中國畫精神』的。繪畫圖式僅僅是一種『敘述』，是一種『說』。潘天壽『知道』自己要說『什麼』，這是明白無誤的事情，他要解決的僅僅是『怎麼說』而已，這只是個技術問題，這就是所謂的『大師意識』。而我們當今的中國畫壇缺失的不是『怎麼說』，而是『說什麼』。在用最新式的裝備武裝到牙齒以後卻猛然發現自己早已失去了目標。但是，他們還是沒有真正發現自己的『缺失』，他們還自以爲是武器不夠精良，他們在一次又一次地尋找和研製更新的武器的過程中一次又一次地喪失了捕捉目標的良機。

那末，中國畫的精神究竟是什麼？這個缺失之後使中國畫成爲『行屍走肉』的『靈魂』究竟是什麼？還是讓潘天壽來言說吧。

『天有日月星辰，地有山川草木，是自然之文也。人有性靈智慧，孕育品德文化，是人爲之文也。』潘天壽在《聽天閣畫談隨筆》中起首便如是說。(本文以下引潘天壽語除註明出處均出自此書。)接着又說：『原太樸混沌，渾然無象，三才未具，無自然之文，亦無人爲之文也。然無爲有之本，有爲無之成，有其本，輒有其成，此天道人事之大致也。』這是從根本上來看問題的。『天道人事之大致』：一是『自然之文』；一是『人爲之文』。後者即爲『人文』。這是一種哲學眼光，怪不得王朝聞要說：『潘先生在一定意義上講是一個哲學家，他不是一個教條主義的哲學家，而是一個從實際、調查研究、實事求是，從實踐上升到理論的哲學家。』

潘天壽又爲『人文』作了進一步的闡釋：『人係性靈智慧之物，生存

於宇宙間,不能有質而無文。文藝者,文中之文也。』『人文』之『人即有人』之『質』,是爲人之『性靈智慧』,是爲『人之爲人』者,即人之『精神』。而『人文』之文,則是『人』之『敘述』,是『人』之『表現』,是人之所以爲『人』。『文』如前所述就是『品德文化』,是人的『性靈智慧』『孕育』的。即如潘天壽再次說明的『然文,孳乳於質;質,涵育於文,兩者相輔相成,故《論語》云:「志於道,據於德,依於仁,游於藝」。其爲人之大旨歟』。潘天壽在引用了孔子的說法之後,鄭重地強調這是『爲人之大旨』。這是人之所以爲人的依據和根本。很明顯,潘天壽這裏的表述如果轉換成更爲具體和直接的說法,便是,繪畫圖式是繪畫精神的顯現和必然,而這繪畫精神,即中國畫精神就是『人文精神』,『圖式』是『精神的圖式』,而抽空精神的圖式僅僅是一堆不知所云的華麗詞藻罷了。所以潘天壽認爲中國畫的主要特點除了『概括、單純、明確、確實、全面、有變化、講氣勢』這些圖式技術之外就是『講精神』。而潘天壽向他所崇拜的前代大師們那裏絕不是簡單地承繼他們的圖式,他也絕不是從圖式技術的角度而是從根本上——從人文精神是否存在、擔當並且表述暢達上來選擇的。他說『畫家中之范華原(寬)、董叔達(源)、殘道人(髡殘)、個山僧(朱耷)、瞎尊者(石濤)是洩人文中之秘者也,其所作,可與黃岳峰巒、雁山飛瀑並峙。蓋繪畫與自然景物合之,本一致;分之,則兩全。』這是『天道人事』,『天人合一』,他同樣稱:『黃岳之峰巒,掀天拔地,恢宏奇變,使觀者驚心動魄,不寒而栗;雁山之飛瀑,如白虹之瀉天河,一落千丈,使觀者目眩耳聾,不可向邇;誠所謂泄天地造化之秘者歟。』一爲『洩天地造化之秘者。』;一爲『洩人文中之秘者』。

『人文中之秘』是通過『圖式』洩之的。『圖式』是『人文精神』的『通道』,不是『終極』。『好』的圖式是能保持『暢通』的『通道』。這是『圖式』的『終極評判標準』。而『人文精神』卻是包含着人的(具體地說是畫家的)『終極關注』。或者說,牠必是在『終極關注』的引領之下。牠的結構或者說建構,用孔子的(被潘天壽引用的)說法,即是『道』、『德』、『仁』,而後纔是『藝』。盡管潘天壽偶爾也說:『畫事須有天資、功力、學養、品德四者兼備,不可有高低先後。』但是他一再強調的終究還是『精神』。『畫事須有高尚之品德,宏遠之抱負,超越之識見,厚重淵博之學問,廣闊深入之生活,然後能登峰造極。豈僅如董華亭所謂:「但讀萬卷書,但行萬裏路」而已哉』?一是『品德』,二是『抱負』,三是『識見』,四是『學問』,五是『生活』,這是個非常重要、不可忽略的秩序,潘天壽的排列自有深刻在。這是非常之『中國』的方法,這就是中西繪畫的本質區別之所在,這就包含着中國畫的精神及其建構。

首先是『品德』,這是對人的『關懷』與對己的『操守』。是『道』是『德』是『仁』;是『根本』是『依據』;是『性靈』是『人性』。(潘天壽說:『名利、私慾也,用心死,人性長矣。』)之後是『抱負』,這是對人文精神及其敘述的擔當者的自覺,是一種『使命感』。之後是『識見』,這是『智慧』,不是小聰明,是目光遠大,是終極關注,不是鼠目寸光,急功近利。之後是『學問』,這是對『使命感』的支持,是完成『使命』的力量之所在,又是『品德』之修養,『抱負』之信心,『識見』之磨砥。之後是『生活』,這是『基礎』,祇有在生活之中,在日常生

活之中，在與人的交往之中纔能『得道』，纔能完成『人文精神』及其敘述的建構。所以，光是有『人文精神』是不够的（這並不是説『精神』不重要，它恰恰是『根本』），它還需要敘述的方法（圖式），而暢達的敘述則必須有一個保證系統——一個知識與技術的結構。

潘天壽由『精神』的選擇決定了『圖式』（技術）的選擇。『人文精神』或者具體地説是中國繪畫中的精神及其圖式是一脈相承的，知識傳統與人文傳統處於『良性狀況』時是閤一的。所以，潘天壽非常重視、强調傳統，反復説：『凡學術，必須由衆多之知慧者，祖祖孫孫，進行不已，循環積纍而得之者也。進行之不已，即能「日日新，又日新」之新新不已也。繪畫，學術也，故從事者，必須循行古人已經之途程，接受其既得之經驗與方法，爲新新不已打下堅實之基礎，再向新前程推進之也。此即是「接受傳統」，「推陳出新」之意旨。』『新，必須由陳中推出，倘接受傳統，僅僅停止於傳統，或所接受者，非優良傳統。則任何學術，亦將無所進步。若然，何貴接受傳統耶？倘摒棄傳統，空想人人作盤古皇，獨開天地，恐吾輩至今，仍生活於茹毛飲血之原始時代矣。苦瓜和尚云：「故君子惟借古以開今也。」借古開今，即推陳出新也。於此，可知傳統之可貴。』對人文精神及其圖式的追尋及其重建必須『守先待後』。潘天壽所謂的『優良傳統』即是具有人文精神的敘述圖式。所以潘天壽論書畫特重人品，據周昌穀回憶：『在潘天壽心目中人品是極重要的，在晚明書法家中，潘老還常提到黄道周、張瑞圖、倪元璐，但他絶口不提王鐸。我理解並不是王鐸的藝術不如那三位，卻因爲王鐸的人品不足他稱道。』所以潘天壽言：『「品格不高，落墨無法」可與羅丹「做一藝術家，須先做一堂堂之人」一語，互相啓發。』

潘天壽從自身的體驗並從那些『洩人文之秘者』那裏（其實你能從『洩秘者』那裏得之『秘』就證明你本來就有此在心中）『知道』了人文精神及其傳統圖式。在潘天壽，正如前所述，人文精神的『在』不是問題，問題僅僅是重建『自己』的圖式，而不需要（像我們今天這樣）首先重建精神。潘天壽其實是極有自信建立自己完全獨創的圖式來敘述，傳達心中的人文精神的。他在1926年題畫中頗爲氣盛而自負地説：『予不懂畫，故敢亂畫，説是畫好，説不是畫亦好，不妄自批評，被譏蜀犬。懶頭陀如是説法。』一副一意孤行的架子。但是，實際上他並没有這樣做。在他的繪畫圖式中，那怕是在最成熟，最風格化的作品中，你還是可以見出八大、石濤、青藤的片言隻語。這是因爲，潘天壽認識到，人文精神是一種『普世』精神。他説：『藝術産生於人類之勞動，爲人類所共有也，非爲某個人、某部族、某階級私有也。原始公社後，漸變爲奴隸社會、封建社會、資本主義社會，因此工農勞動者，被擯於藝園之外矣。是藝術也，非人類初有之藝術也。』人文精神是對人類的關懷，而非對自己個體的關懷。潘天壽要架設『單槍匹馬地開闢進入領略神秘體驗的天國之路的藝術家與一般人之間的橋樑。』（富蘭克林語）他一方面『引用』八大、石濤、青藤們是『表示權威……是求實效的支持。』（勛伯格語）；另一方面是想讓人們進入習慣的『通道』更便於『暢達』。『牠提供了對現象的意義的可以理解的解釋，同時決不否認人憑常識對牠作出的反應。』（阿多諾語）這也是潘天壽的『新』文人畫和『舊』文人畫的本質區别之所在。首先，同樣是具有『人文精神』，但『舊』文人畫更多的是傾向於自己個體，更多的是由自己個體的具體遭遇的狹窄視角關注『終極』的。他們(八大、石濤、青藤等)把書畫看作是自我的避難所、忘憂谷,是『隱於書畫』,是個體的喜、怒、哀、樂『寓於書畫』。而潘天壽則是從更超越的更崇高的位置,更爲開闊地關注『終極』,這就是新舊文人畫轉型的關鍵——由個體的小情感生發的對社會、人類間接的甚至是無意的關注,轉向直接的自覺的有意識的關注。隨之而來的圖式也相應必然地發生變化。如潘天壽言:『物質食糧之生産,農民也。精神食糧之生産,文藝工作者也。故從事文藝工作之吾輩,乃一産生精神食糧之老藝丁耳。倘仍以舊時代之思想意識,從事創作,一味清高風雅,風花雪月。富貴利達,美人芳草,但求個人情趣之暢快一時,不但背時,實有違反人類創造藝術之本旨。』(潘天壽往往從『人類』從『藝術之本旨』論畫,可見其關注之中心。)潘天壽繪畫圖式特有的風格,所謂『沉雄奇崛,蒼古高華』,所謂『撼人的骨力氣勢,奇崛的結構美,沉雄高逸的境界和深厚的學術素養』,所謂『高風峻骨』,都並不僅僅是個圖式技術的問題,而都是潘天壽建構的『潘天壽式』的『人文精神的圖式』。正因爲潘天壽『知道』自己是個『人文精神圖式傳導』的『擔當者』,所以他是自覺『天降大任於斯』的。他曾説:『近時從事研習畫事者,有作「我不入地獄,誰入地獄」之想者?吾將拭目以俟之。』(《潘天壽美術文集》)繪畫——小小『末藝』,如果不是擔當着人文精神,何來如此壯烈之説法。人文精神是一種信仰、一種生命的承諾,一種殉道的精神。這也是新舊文人畫的本質區別之所在。舊文人畫更注重的是『遊戲』狀態,而潘天壽的繪畫狀態中絶没有絲毫的『遊戲』成份,他是極其嚴肅而鄭重的,這是一種『天職』,一種靈魂的淨化。所以他的創作極其認真而虔誠,有種崇高的神聖感。他從不隨意地下一筆,每一筆都是深思熟慮而後纔爲之。所以他創作速度緩慢,甚至決定一個款式要十天半月。所以他傳世的作品比之其他畫家要少得多,但幾乎是張張精品,很少草率應酬之作,就連課徒示範稿都是莊重非凡的。他幾乎在一切時候都從應付日常的功利脱身而出,專注於『終極』。這樣的畫家,這樣的作品在中國繪畫史上都是罕見的。據盧炘在《潘天壽的最後歲月》中記載,潘天壽在『文革』中被遊鬥時,造反派有時還戲弄他們,讓他們自報家門,自訴罪狀。輪到潘天壽,他説:『我,牛鬼蛇神潘天壽。』人家又追問他:『什麼罪狀?』他默了半天,説:『我畫畫創新不好。』接着作者説:『這實在是他的真話,他一心想着振興民族繪畫,立志要在藝術上創新,讓傳統繪畫煥發異彩。』是的,潘天壽認定『人文精神的圖式重建』是他的『天職』,而他又認爲他到這時的圖式重建還未達到他的目標,這確實是『有罪』的。其實這是潘天壽『愛之深,責之也深』。他重建的潘天壽式的人文精神的圖式已經在中國繪畫史上造起了一座幾乎是不可逾越的高峰,就如『黄岳之峰巒,雁山之飛瀑』,『使觀者驚心動魄,不寒而栗』,『目眩耳聾,不可嚮邇』。

我們如果僅僅是想在承繼潘天壽的圖式中來開拓,振興當代中國畫那祇能是緣木求魚。正如潘天壽喜歡引用的苦瓜和尚語録云:『師古人之跡,而不師古人之心,宜其不能出一頭地也,冤哉!』

當代中國畫再也不能讓『中國畫精神』缺席了,重建人文精神的中國畫圖式,這就是潘天壽的當代性及其意義之所在。

1996年11月2日於杭州生有居中

中國畫成才道路上的『潘天壽模式』

□陳振濂

以潘天壽先生作爲一代大師而言，開宗立派，獨闢蹊徑，以絶頂的氣魄成絶頂的事業，自是他的『題中應有之義』。對他作全面的研究，迄今爲止成果豐厚，已成洋洋大觀，這也是不言而喻的。

但我更感興趣的，是潘天壽先生的成材方式的啓示。我以爲，他的成材方式完全不同於一般苦學古人，專攻一家的通常方式，從而體現出惟他纔有的『潘天壽模式』特徵來。並且，這種『潘天壽模式』雖然對他有意義，但更廣泛地看這種模式，把牠與中國畫學習的特殊性聯繫起來思考，則我還以爲它預示着另一種中國畫人才成材方式的可望獲得確立——亦即是說：它不但在過去對潘天壽有意義，在今後對其他畫家走向成功，也未始沒有參考意義。

一

通常學習中國畫，總是從臨古入手的。荆關董巨、劉李馬夏、黃王倪吳、直到四王吳惲…… 每個畫家的『古』都代表了一種筆墨程式，而每一種程式在被我們學畫者進行臨摹時，它都是一種流派類型的標誌。於是你學南宗、他求北宗，我喜斧劈、他求披麻…… 乃至樹石點染，勾勒暈滲，學的好像不是畫什麼對象，學的是怎么畫對象。更進一步說：在學畫之始，畫什麼是沒有選擇的。梅蘭竹菊、松石泉雲，一切都是已被先期規定好了的。但怎麼畫這些東西，則是需要我們進行細緻研究的。這種學畫觀，與西洋畫的以對象爲準，以傳達對象形態爲目標而『輔以手段』的側重點顯然是大相逕庭的。

怎麼畫就牽涉到一個程式問題，故爾中國畫特別講究程式。一招一式，必須講究固定的規範與標準，也必須講究完成這招式的同樣『固定』的方法。於是無論是書法是繪畫，就有了比西方繪畫不知強烈多少倍的『法』——法則，技法的概念。對非中國畫系統的學畫過程而言，『技法』衹是幫助達到（表現對象形態）的一種方法與媒介而已。而在中國畫的學習中，技法學習本身即是目的。牠不是可以被任

意選擇棄取的。牠的規定性使牠本身由手段變成爲目標，——完全不考慮外象的形態規定性。畫山石一律用披麻皴，畫花鳥一律梅蘭竹菊潑墨勾綫，在中國畫家看來似乎是十分正常的、不必大驚小怪的——中國畫家可以接受一件以層層披麻叠積起來的山石『積木』式的筆墨遊戲，而會毫不考慮這幅畫的山石對象形態特徵的實際規定性。但中國畫家卻完全無法接受一件忠實描繪山體形態特徵的、極寫實的，但在技法語匯上卻舉不出什麼『皴』的路數來的繪畫作品。這就是中國畫在學習、創作時的特定『文化』傾向。怪不得石濤要大呼『師造化』——他之如此呼籲，正是基於當時中國畫太講程式、太不師造化的前提。也怪不得郎世寧在清宮內畫他那人物肖像、畫《百駿圖》時，鄒一桂竟能在《小山畫譜》中公然批評爲『筆法全無，雖工亦匠，故不入畫品』，表現出明顯的不屑來。因爲在他看來，郎世寧之類的畫完全不講程式，幾乎抽掉了中國畫之作爲存在的根本，那麼當然要遭至譏諷了。

要學習筆墨程式，是一個大前提。中國畫程式中約可分爲兩種類型：一是作爲畫種存在前提的程式。計白當黑、經營位置、隨類賦彩、疏密相間……這是每個畫家都遵守的『規則』，其間並沒有什麼個人風格的問題，我們通常稱之爲『表現形式』；另一是作爲個人創作行爲而存在的程式。華新羅是小點；徐青藤是大潑墨；文徵明是細筆；沈石田是粗筆；黄公望擅披麻；馬遠則善斧劈……這些也一概未變，但個人用的手法卻是不同的。在其中當然就有了個人風格的因素在，我們通常稱之爲是『筆墨技巧』。

『表現形式』是一個空框，是一種抽象的形式規定。牠的着眼點是在於中國畫作爲畫種與其他油畫、版畫、水彩畫之間的區別。而『筆墨技巧』則是一個實體，牠必須落實到人，牠的着眼點是在於同在一個中國畫形式規定之下的畫家與畫家之間的差異：你是青藤我是八大他是石濤……一切均必須通過個人的筆墨技巧發揮而傳遞出來。在學畫過程中，由於中國畫極注重抽象形式但卻又極不注意形式構成分析，因此學生之學畫大抵無法先從『表現形式』開始。跟着某一畫家的個人表現風格走，先接受這一種類風格的影響，在全盤吸收的前提之上，再來考慮博取廣存的問題。通常地，每個畫家的學畫過程，都是從具體的『筆墨技巧』這一點出發的，於是也就有了不同派別的極爲穩定的承傳，代不乏人。這一點，顯然也是與中國畫學習向來採取師徒授受方式有密切關係的。

長期的宗法思想早已作爲一種中國文化典範，深深被烙在中國人的頭腦中。學畫與學其他藝術一樣，必須要有老師。首先是老師，其次纔是規範——像畫石膏像那樣不管是哪個老師指導都必須達到相同（相近）的標準的做法，在中國畫學習中卻向來不被認可。中國畫家交待給自己弟子的，向來不是一種抽象的、可以把自己排除在外的、公允的規範與標準，他教的規範中通常帶有濃鬱的、他自己擅長的『個人風格』因素很强的痕跡與內容，並且以此作爲一種假設『公允』的規範而令學生接受。那麼換一個角度看，則學畫者初學中國畫時，他所接受的必定已是一種既包含『表現形式』，更擁有濃鬱的老師個人風格的技巧類型。並且他也認爲這本已包含老師個人色彩的技巧，就是他要學習的作爲通常意義放之四海而皆準的『形式』與技巧。一般而言，他並無法把老師具體的個人色彩與放之四海而皆準的抽象規範之間進行區别。在他看來，這兩者似乎應該是不分彼此的。

那麼，以作爲少年學畫者的潘天壽而言，他之學畫，似乎也不應該與這種常例有太大的差别——他所跟隨的名家都是成就卓著，他的學畫路數越是清晰無誤，則他的學畫不但取抽象形式還『統收』師門個人技巧的做法，應該是越見明確。我們平時所説的某某出自名門，大致就是指這一復合的含義。通常，衹有報不出師門的野狐禪式的『自學成才』者，纔會對某家某派的師承的個人技巧特徵無動於衷，卻去關注那抽象的、不限於哪一家的構圖形式或一般用筆用墨方法。

二

但反觀潘天壽的學畫方式，我們卻發現了他是個令人詫異的例外。

目下我們所能看到的潘天壽先生最早的作品，大約是1919年所作的《行書菜根譚》四條屏。署款『己未首夏』，當時他年方23歲。綫條當然還有掩飾不了的稚嫩，但有許多字的造型卻已可窺出後來潘天壽書法造型規則的初步形態。如『文』字、『饑』字即是。而令我感到不解的是，在這堂的四條屏中，我們看不出他師從哪家的路數與淵源。換言之，他似乎在20歲前後時已開始那隨心所慾的縱橫塗抹，卻並未去像一般學子那樣先選定某家某派的套路作刻苦的學習。請注意：在此時，他正就讀於杭州浙江省立第一師範學校，在學校教他的名師有經亨頤、夏丏尊、李叔同等。這些名師於書畫都有精究，但卻都不屬於職業書畫家。而在我們看來，職業書畫家如趙之謙、吴昌碩、趙叔孺等是極講究師承套路，而精究書畫的文化人卻對某派的師承或技巧套路持更寬松的態度。因此，潘天壽早期書畫講究一般的中國畫『抽象表現形式』，但卻並未如别的學子那樣去鑽進一家一派中深摸本門派的風格技巧，則是個不争的事實。學書法他並未多追顔柳歐趙，學繪畫他也並未熱衷於四王吴惲，這一切，顯然與他學畫不從塾師而是在新式學堂的浙江第一師範，遇到的名師皆非職業書畫家而是修養廣泛的文化人這一機遇是有密切關係的。

現存最早的畫作，是1920年作的《疏林寒鴉圖》、《晚山疏鐘圖》，這是兩件小册頁一類的習作。畫的枯枝槎櫟，點林勾山，顯然并不能看出是哪派而大約是從一些畫譜刻本中得來。

聯繫到潘天壽早在十幾歲後即在縣城紙鋪買到《芥子園畫傳》並以此啓蒙學畫，我想，這應該證明二十多歲時的潘天壽也還未改弦更張，對他而言，畫譜刻本的影響還是遠遠大於一般門派風格的影響——更加之：我們也還未看到此時的潘天壽有過什麼拜師學藝的大舉動。而依前述，畫譜刻本提供的基本上是種抽象的形式框架規範，而不擁有畫家某一風格技巧特徵。這即是説：潘天壽學的還衹是一般程式，而不是特定的青藤、白陽、趙撝叔、任伯年的風格程式。

目前能看到的潘天壽的早期作品，是屬於從23歲到33歲之間的跨度。1921年有《率筆墨荷圖》、《紫藤圖》，1922年有《濟公像》、《古木寒鴉圖》、《風白的水圖》，1923年有《蔬果圖》、《秋華濕露圖》、《水仙靈石圖》，1925年有《空山幽蘭圖》、《暗香冷梅圖》、《湘江瘦竹圖》、《濕露秋菊圖》，直到1929年則有《玉蜀黍圖》、《黄花圖》、《西湖秋色圖》……這一時期，正是潘天壽由23歲到33歲之間，當時他已開始步入繪畫界。而在這批畫中，我們也大約可以分出一些有意思的類型。1920年的兩件小頁，是畫譜味頗濃但卻看不出

門派師承的：1921年的《紫藤圖》卻以青藤筆法出之，特別是《率筆墨荷圖》，顯然開始了潘天壽後來在指墨畫上常見的三角形的綫條穿插：1922年的《古木寒鴉圖》等中，我們還是看不到一些具體的個人意義上的筆墨程式的反映：寫實，或以畫譜格調出之，似乎還是此一時期的基調。一直到1924年以後的作品，纔有了明顯的吳昌碩意味——從構圖到布置，綫條勾勒與敷色，看得出是明顯地在仿效吳缶老。用我們前面的觀點，則又可説是由對一般中國畫表現形式的揣摩轉向對吳昌碩這一個人風格技巧程式的悉心把握。這一時期大致持續到1925至1927年，在1929年的幾張方構圖作品中，已看出又轉向揚州八怪李復堂、李方膺一路的畫風，而不再是吳昌碩的風姿了。我最有興趣的，正是此一時期潘天壽先生在畫風上的轉換。因爲根據他的年表行實，正是在1923年27歲之際，他由安吉縣小學教師的身份一轉，於春季到上海民國女子工校教畫，夏季就兼了上海美術專科學校中國畫系的中國畫實習與理論課，從此走上專業的道路。也正是在此年，他與王一亭、吳昌碩等有緣相會。那首古詩《讀潘阿壽山水障子》，正是吳昌碩在此年撰成的。既如此，他由原來的不入名門名派而衹由自己摸索形式表現的立場，開始轉向學習吳昌碩的風格技巧語彙，在時間上是完全説得通的。從思想轉變的軌跡上看，也是完全合乎情理的。當然，以吳昌碩擁有的强烈門派意識論潘天壽，對他的不依傍門户——不求個人風格技巧而衹講究一般抽象的表現形式，自然不會輕易地抱贊許態度。故吳昌碩也纔會在《讀潘阿壽山水障子》中提到『衹恐荊棘叢中行太速，一跌須防墮深谷，壽兮壽兮愁爾獨。』在吳昌碩看來，『荊棘』云云，『深谷』云云，其實都是指潘天壽並未依傍一家門户，從某師某派的個人風格筆墨技巧入手這一點而言。一般認爲，學山水不從四王入手，學花卉不從青藤白陽入手，而衹是以畫譜提供的基本程式即加以自由發揮，顯然是缺乏流派意識的『荊棘』而且很可能遭跌。而以潘天壽的個性論，他本可以暫時參考一下吳昌碩作爲前輩的告誡與提醒（事實上在1924年以後，他已經部份地接受了這種勸告。） 但從根本上説，他卻還是不願落入他人窠臼。他寧願一敗塗地，似乎向來對既有的、流派型的風格技巧内容不太感興趣。這，可以從他的許多題畫詩跋中看出來。

對於既有的流派風格技巧而言，潘天壽似乎更希望的是在遵循既有中國畫形式的前提下，在風格特徵、技巧方面自闢蹊徑而不求依傍。故爾，在稍稍依傍吳昌碩畫風，對吳氏的筆墨技巧風格稍有瞭解之後，再度回過頭去進行他那孤寂落寞的形式與技巧摸索，而未能像王個簃、諸樂三那樣一頭扎進吳昌碩的畫風，不思自拔也不願自拔。

也正因爲是不依傍别家的風格技巧語彙，因此潘天壽就有可能充分地尋找自己發展的有利途徑。我們可以看到：1929年他創作的《西湖秋色圖》，雖是小頁斗方，但那種對樹枝的處理，對湖與山的映照關係，已可看出後來潘天壽勾勒山水的基調——換言之，後期的山水畫方式，在1929年的一件偶爾的小品中已有了非常明顯的示意。在此後，潘天壽先生基本上是不作依傍地把這種格式逐漸誇張，推衍向一個成熟的境地。又比如，在1922年他畫的《濟公像》中，他那種生辣尖鋭的綫條與簡略的、㮚楷式的人物勾勒，也似乎暗示了以後他的指墨花卉人物與禽鳥的大致技巧取向。而在此同時，大批寫實型的習作出現，但模仿吳昌

碩的習作卻再也沒有被重復過，這又表明在潘天壽看來，這種即使暫時的依傍，他也是不能容忍的。

對風格特徵、技巧特徵極强的潘天壽而言，二十年代初是他的一個關鍵的轉折期與風格的定型期。他那種精密切割空間的花鳥畫構圖穿插方式；他那種以少少許勝多多許的空白配置與物象獨立方式；他那種不求皴擦點染卻極講究畫面樹石湖天的平行、錯落、交叉、叠現關係的山水構景方式；他那種以勾綫爲主的畫面筆法構成，幾乎都可以在三十年代的畫作中找到最初的、但已走向成熟的基本形態。比如1930年所作的立軸《觀瀑圖》，曾被發表於《白社》畫册第二集，當時潘天壽年僅34歲，但卻已是上海美專、新華藝專、昌明藝專教授，從事中國畫教育已蜚聲海內。但《觀瀑圖》所採取的勾勒山石的單綫與中鋒直筆；還有點的濃墨大筆，完全獨立於勾勒之外；還有斡脆不用皴染的畫法，都是在當時罕有其匹，而在晚年的畫作中卻被作爲基調反復運用的。他自己在題畫文中言及：偶撿王摩詰詩，大有畫意，即以苦瓜和尚枯筆皴寫此，深愧未能得詩中自然恬淡之趣。

但依我看來，他是否是在用『皴』，又是否真的在用石濤之法，也大有可慮。因爲直到晚年，他也還是一仍其舊。他自認爲是有『皴』，其實如按正常看，則未必能指實此即爲『皴』的。同樣的畫法，在1931年作的《江洲夜泊圖》中表現得更爲清晰而無所掩飾。可見在三十年代初，潘天壽先生已尋找到了他自己認可的風格技巧語彙，並且正在開始錘煉這種技巧語言了。

山水畫是如此，花鳥畫也不例外。1931年他作的《梅蘭竹石圖》，在計白當黑，講究穿插方面，已經開後來畫册頁多講究空白而不出一筆廢筆的風氣。雖然其中還有不少一般柔潤的文人畫方法，但卻已可窺綫條走向硬挺，走向『强其骨』的審美傾向。而更有意思的也還是畫中長題：『畫壇地位極寬，可任人隨時隨地割據一方，管領數百年。』『則畫梅蘭竹者可不必因與可、華光、所南輩在先而讓席，因彼輩亦不過偶據一二耳。』

我想，這或許是潘天壽早期學畫不依傍名家名流門派的最好說明了，某派風格技巧的存在，是『偶據一二』的存在。連華光、文同、鄭思肖尚且如此，那麽吳昌碩似乎也應被包括在內吧！潘天壽之依畫譜取其大致的表現形式規定，卻始終不讓自己跳進某家某派的流風中去以取捷徑，我想正應該是基於這種信念：畫壇的風格，本應多樣多變，是可以讓人自由割據一方的。

1932年他又作了橫幅《窮海禿鷹圖》，指畫，也有長題。所畫禿鷹，無論就造型、神采及配石與題款位置，已與晚年的長屏大幛的風格如出一轍。要知道這一年他纔32歲。對一個如此傑出的大師而言，32歲即已找到自己的風格技巧語言，實在是太快太早了。我想他的所以能如此早成，是否應該和他早年學畫時不願依傍，不從臨畫去尋求某派技巧特徵而是在一個抽象的形式框架中自行其是的做法有內在的因果關係呢？換了別人，先要依傍，就要化費半生精力，再要出得窠臼，尋找自己的風格技巧語言，則不到五六十歲不能。而潘天壽卻在30歲後完成了這樣的風格技巧的構建。他的成功背後，顯然應該包含着他對學習中國畫的獨特的思考與把握——在吳昌碩看來是要『墮深谷』，要『跌』倒，要爲之『愁』的，而這正恰恰是潘天壽以爲應該守得寂寞努力進取的。吳昌碩說他『行太速』，這『速』卻

是講得極爲精到準確的。祗不過吳昌碩是反講，潘天壽是正做，雙方的立場與着眼點不同而已。

——吳昌碩告誡潘天壽不能『行太速』的理由，是他祗注重抽象的中國畫形式卻不像通常的那樣去注重某家風格技巧語彙並先做繼承者；

——潘天壽之所以能『行太速』的原因，也正是因爲他不依傍門派技巧風格，而在自己的形式把握前提上尋得了適合自己的表現技巧，並以千錘百煉而得終成正果。

三

當然，是在『荆棘』之中『行太速』，因此它失敗極易而成功極難。倘若不是大智大勇的潘天壽，換個凡夫俗子，大約早在這『荆棘』之中『一跌墮深谷』了。没有一定的風格技巧依傍，使潘天壽的學畫過程中布滿了險徑和陷阱。他的那種『自家樣』，在最初階段顯然是不容易被認可，因而也是缺乏影響力與典範價值的。於是，我們又無妨看出在潘天壽繪畫生涯中的兩個怪圈：一方面，他的繪畫風格成型很早，早在三十年代初的作品中，即已看得出後來潘天壽風格的主要基調。當時他纔三十出頭，無所依傍的反作用就是自己盡快獨立。潘天壽在30歲後即已尋得了自己的藝術語彙系統並從此義無反顧地埋頭錘煉自己的技巧語彙與形式語彙，不管別人笑罵譏諷，使我們幾乎看不到他早期有臨四王吳惲上至荆關董巨的細緻的臨作，但也使我們不得不贊嘆他的耐得如此大寂寞及如此堅決地一意孤行，這真是一種大師的毅力與耐力。但另一方面，這種甚早即開始尋求個人藝術語言，而取不依傍別家先賢同道的技巧風格的險徑的做法，卻又使他在從20歲直到45歲之際，其畫風仍然難以被社會、被繪畫界所接納或推揚。潘天壽先生的畫風真正確立的時期是早在三十年代，但他的畫風能收開宗立派之效，能作一代大師矗立於當代藝林雄視千古，卻是在1945年至1949年之間，特別是在建國以後的五六十年代。這當然有個時間上的機遇的問題，但我以爲：是否也正是因爲他的這種選擇在起作用呢？不依傍而自己尋覓探求，則被承認的機率也低，成功了自不待言，而因爲無大智慧而中途偏廢一事無成的又有多少？不比在開始學畫時的能有所依傍，稍有所得，即可以因沾依傍之光爲社會所接納，然後再步步登高，庶幾免去一生寂寞，又無蹈險之虞。相比之下，潘天壽的成熟又似乎是相當晚了。他直到50歲以後，在畫壇(而不是教育界)纔終於拔戟自成一軍。而早在他之前十多年，其他參與組建『白社』探討畫學的同道張書旂、諸聞韻 早已是上海畫壇上的聞人了，相比之下，能說潘天壽不是自尋了一條落寞之道？

缺乏進入門徑時的依傍；缺乏『專攻一家』時的對前賢傍風格技巧語彙的模倣與揣摩，本來會使潘天壽陷入絶境的。那麼他爲什麼以險招卻終成正果？我以爲其中緣由頗多。從主體看，潘天壽本人有大毅力大決心，是屬於不因小得沾沾自喜的大才，因此，同樣的道路，他走得而別人卻未必走得。這是人之情性秉志不同的緣故。從客體看，則他一直置身於美術教學的環境中，不以職業畫家行世，也足以以教授、校長身份鶴立鷄群。此外，他有張書旂、吳茀之等一群摯友，互相切磋畫藝，也是頗有所得，一個『白社』，雖然不久就銷聲匿跡了，但畢竟是有過一種良好的藝術氛圍的。至於建國以後，由於潘天壽忠厚誠實與藝術上的資歷威望，他在畫壇上的地位與畫藝更是如日中天，這當然也是一

種『客體』環境的配合。

再進一步考慮潘天壽在早期選擇如此僻徑卻未能『一跌墮深谷』的成功之道之緣由，我們又不妨提出兩個方面的因素來進行參考：(一)執教於大學所擁有的特殊文藝環境的幫助；(二)從事理論、學術研究與著述給創作帶來的新的推動與促進。

自1923年潘天壽進入上海美專教中國畫實習與理論課以來，終其一身，並未離開過學校。他在解放前，向來是以教授兼畫家的形象出現，而並不僅僅是單一的職業畫家而已。我們可以看看這一時期潘天壽從事美術教學工作的經歷：

1923年：兼任上海美專教師，主講中國畫實習課與理論課。

1924年：任上海美專教授。

1926年：與俞寄凡、潘伯鷹等發起創辦上海新華藝專。

1927年：新華藝專成立，任藝術教育系主任。

1928年：杭州國立藝術院創辦，應邀任中國畫主任、教授。

1929年：赴日本考察藝術教育。

1930年：兼任上海美專、新華藝專，昌明藝專教授，往返於滬杭之間。

1937年：隨杭州國立藝專西退。

1939年：國立藝專繪畫系分中、西畫專科，主持中國畫科。

1940年：國立藝專退至四川，任教務長。

1940年：任東南聯合大學和暨南大學藝術專修科教授。

1943年：東南聯大合併於英士大學，出任藝術教育系圖工組主任。

1944年：應教育部邀任國立藝專校長。

1947年：辭去國立藝專校長職務，兼任上海美專教授。

1957年：任中央美院華東分院副院長。

1959年：任浙江美術學院院長。

長期從事美術教育工作，使潘天壽先生的眼界極爲開闊。他在教學活動中，不可能不以古典名家畫風來進行實際的教學傳授，而每一次教學活動，其實說到底也就是他自己不斷吸收古法的過程。因此，即使他並非是以師承某位名家畫風爲切入口而祇對抽象的表現形式感興趣，但通常而言，長達幾十年一貫的中國畫教學，以及在課堂上分析講解的古典示範作品，在形式與技巧上對他本人所產生的影響是完全無法忽視的——別人學畫是在實臨、手臨，而潘天壽先生的學習與吸收，卻是在意臨、目臨。這種幾十年的耳濡目染，有效地平衡掉了他不取某家技法的獨立性所必然帶來的負面作用——他仍然是在以另一種渠道或方式，在不斷吸收各家各派的技法語彙。祇不過我們看不到實際的臨摹畫作而已。

可以想象，如果沒有這日以繼日、年以繼年的教學生涯的催化，如果沒有在每天課堂上面對古典、提出古典、分析古典所擁有的『規定環境』，再或者，如果沒有通過這教學生的同時潘天壽自己也不斷受到多方面的耳濡目染的薰陶，當然還有隨之而來的他對古典各家各派風格、技巧的如數家珍，只憑他在早年的不入某家窠臼的踽踽獨行，他未必會終成如此至高至大的境界。因爲很顯然，即使他再有天才，祇憑個人單槍匹馬而不依靠任何家數門派的『拐杖』，他無法接近中國畫的真諦。但同樣地：倘若他拼命依靠這些拐杖而不一意孤行自擇其是，那麼他也祇能得些皮毛，也還是接近不了至上的境界。現在，他在學畫攻藝的行爲現象(形態)上是徹底地廢棄這些『捷徑』與拐杖，但卻通過教學過程又重溫這些『拐杖』的作用。誠可謂是在虛處以實補之，其最終結果是該獲得的並不少；而又清晰地保持了自己的探索方向與方式。這，顯然是一種以極笨拙走向極聰敏的大智若愚的方式。

教學彌補創作，在教學中接觸的古典涵養了他『一意孤行』的創作探索，這是保證潘天壽選擇險徑而又終成正果的第一個原因。

（二）在從事教學工作之餘，潘天壽又大量地進行了理論著述活動。在職業畫家基本上衹重詩文唱酬的風氣映照下，潘天壽卻對繪畫（兼及書法篆刻）的理論化大力氣進行研究，這是他又一項極大的優勢。當然，這些著述都是基於教學需要而進行的。我們試把這一時期潘天壽的理論著述列如下：

1924年：在上海美專任教授期間，研究歷代畫論，並以教學需要，編撰《中國繪畫史》，同時亦著《中國書法史》（已佚）。

1926年：《中國繪畫史》出版。

1936年：《中國繪畫史》修訂後被列爲大學叢書，由商務印書館出版。

1946年：在國立藝專任校長，爲教學需要撰《治印談叢》。

解放以後，他寫文章更多，篇目衆多，在此不贅。

以時序論，潘天壽的《中國繪畫史》是與陳師曾的《中國繪畫史》（1925）同屬最早的繪畫史專著。換言之，潘天壽先生亦可被指爲民國以來，或曰有史以來以真正的歷史意識從事繪畫史研究的開創者之一。盡管當時無論陳師曾還是潘天壽，還不能不參考日本方面的成果，但他們之篳路藍縷、捷足先登之功，卻是毋庸置疑的。

理論著述的前提，是對古典各流派技巧風格的爛熟於心。並且在理論上還能加以價值判斷與分析。特別是像繪畫史的著述，如果没有對古代畫家、畫作的瞭如指掌，僅憑空想或一般思辨顯然難以爲之的。相比於美學研究而言，繪畫史著述是一種『實學』。因此，牠也許又是一種最易對繪畫技巧風格語彙進行把握與觀察的理性的渠道。在對繪畫史各家各派進行深入分析研究的同時，必然也從另一個側面使潘天壽進一步完善、深化、堅定他自己的技巧觀與風格觀，從而對他那獨立不羈，摒弃依傍的『險徑』的選擇提供更堅實的理由。並且在步入『險徑』又正式遇『險』之際，以這些理性思考，理論研究的素養，又能有效地平衡掉潘天壽在當時還力不勝任的一些困惑，從而引導他走向成功的坦途。由是，他的主動積極地從事理論研究，又無形之中爲自己的『一意孤行』的技法研究提供了一種保障。牠既能使潘天壽本人不通過實際的臨摹也能同樣得到大量的古人技法語彙信息，使他在自行其是之際並非對古法一片空白而是心中完全有數，同時在他的技法探索、形式風格探索一旦遇到障礙之際，立即提供必要的參照以幫助他走向坦途。也許本來潘天壽從事理論著述衹是出於他的教學活動的需要。但我以爲，這些著述給他帶來的啓示，恐怕絶不僅僅限於他的教學，他自己也在無形中受此恩非淺。而反過來想想：如果不是一個像潘天壽不欲依傍的獨行者，比如像同樣有著述的陳師曾、鄭昶，其理論著述的意義大約就不會擁有如此多重復合的涵義。

四

潘天壽先生是一代大師，但這位大師的成才方式是極爲特殊的。表面上的不學古不臨古不入流派窠臼，使我們對他的成功本來應該抱着一種懷疑的態度：這樣一意孤行不顧其他，能行嗎？但我們看到的潘天壽卻是成功的，走向輝煌的。以成功者的姿態『返顧』過去的弄險，以爲這就是天才的必然成功，我以爲祇能表明我們愛戴潘天壽先生的心情，但在學術上卻缺乏價值。但不以成功的結果論，客觀地分析潘天壽早期學畫的弄險，並且承認他的確時時有『一跌須防墮深谷』的危險，而他又通過什麼樣的方法來有效地平衡掉這種『險』，從而走向一種至大的化境，我以爲這纔是我們今天研究潘天壽的價值所在。因爲這樣的研究告訴我們——在通常的中國畫學古、臨古成才的模式之外，還可能存在着一種新模式：『潘天壽模式』。牠可以以不學古臨古—不入門派，不講某家筆墨技巧而師心自用的方式來展開。但在展開的同時，牠又必須在其他方面進行有效的平衡、干預、緩衝、配合……没有這『其他方面』的作用力而單以『不學古』、不依傍自詡，則幾乎是在否定中國畫學習、成才的科學性。但有了這『其他方面』的前提，再來看潘天壽先生的『一意孤行』、『自行其是』，卻又令人不得不感嘆他的確是個天才。不但他已完成的畫作是天才，即使他的學畫過程，也充滿了天才的堅韌意志與超常的叡智，這後一點是我們最感興趣的。

作爲繪畫大師的潘天壽，早已家喻户曉，青史留名。那麼作爲中國畫成才的『潘天壽模式』呢？牠是不是應該引發出我們對現有的中國畫創作、教學方法的進一步反思呢？

1996年9月於中國美術學院中國畫系

潘天壽作品選

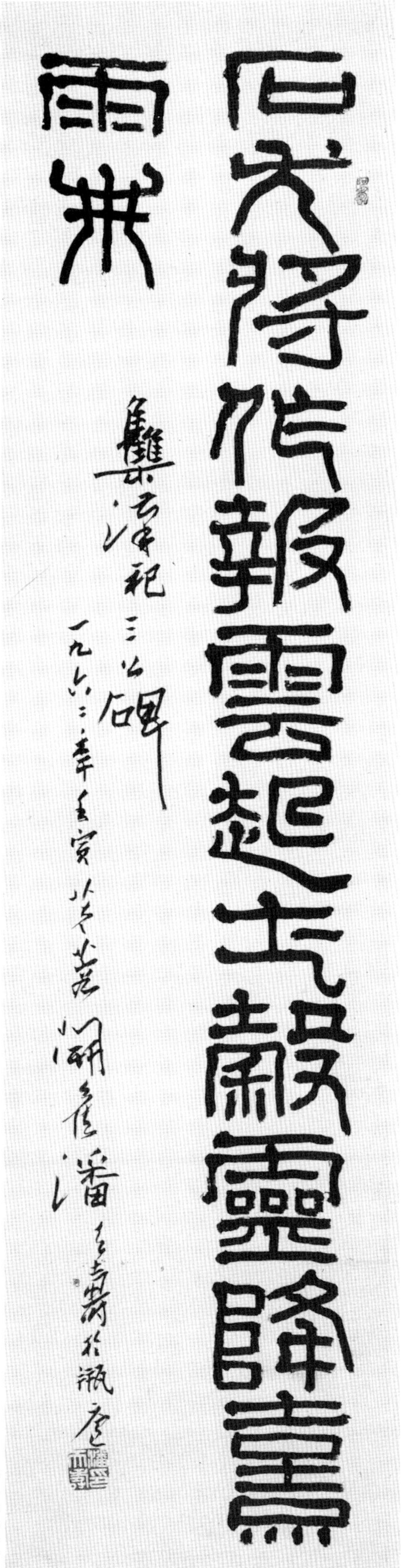

篆書集漢祀三公碑

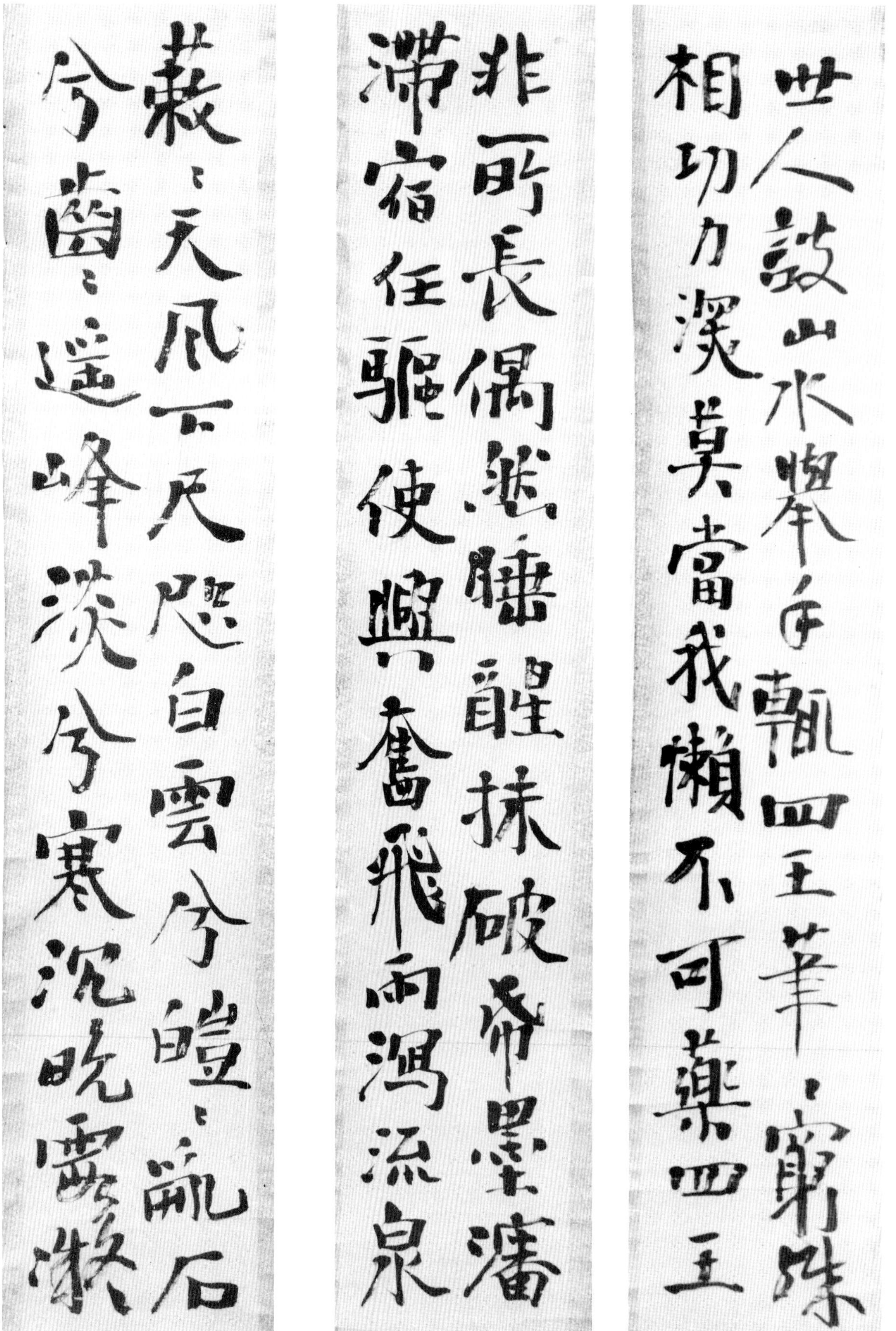
世人說山水舉手輒四王筆筆窮殊
相功力深莫當我懶不可藥四王
非所長偶然醺醒抹破斧墨瀋
滯宿任驅使與舊飛雨瀉流泉
蕭蕭天風下尺咫白雲兮皚皚亂石
兮齒齒遙峰淡兮寒沉晚靄漱

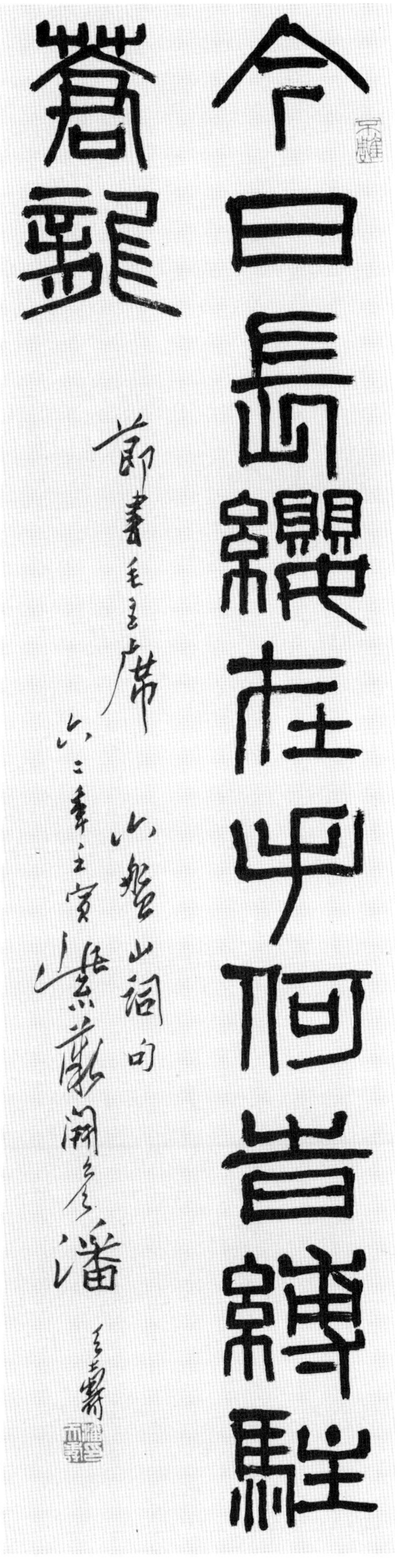

篆書毛澤東詞句

楷書《畫山水歌》

江風吹上獨吟身
感事哀時意未安。臨風無奈久盤桓。一聲鴻雁半天寒。
秋與江濤天外看
雲踞龍蟠枕上游。劉憐自古帝王州。欲問今宵磯邊月。
鐵板銅琶
錦瑟琵琶弔石頭。
泥馬君王事劫灰。平沙無際水縈洄。莫教此塹分南北。借道
金人鐵騎來。

樱桃時候

江州夜泊圖

遠矚

魚翔江海闊（指墨）

南國秋酣

蘭

指墨山水

微醺彭澤陶元亮不比西李易安
癸未歲暮天寒欲雪乜此遣興
懶禿壽者 於端春櫻西□

槐首
先生屬畫即請
之阿蘭弟住持正顕

微醺傲西風

磐石墨鷄圖

水墨山水

畫事能得筆外之筆墨外之墨意外
之意即臻上乘禪矣此意近代唯毷衙者得
之
丁亥臘棋開庚心阿蘭若住持壽者艸艸許志

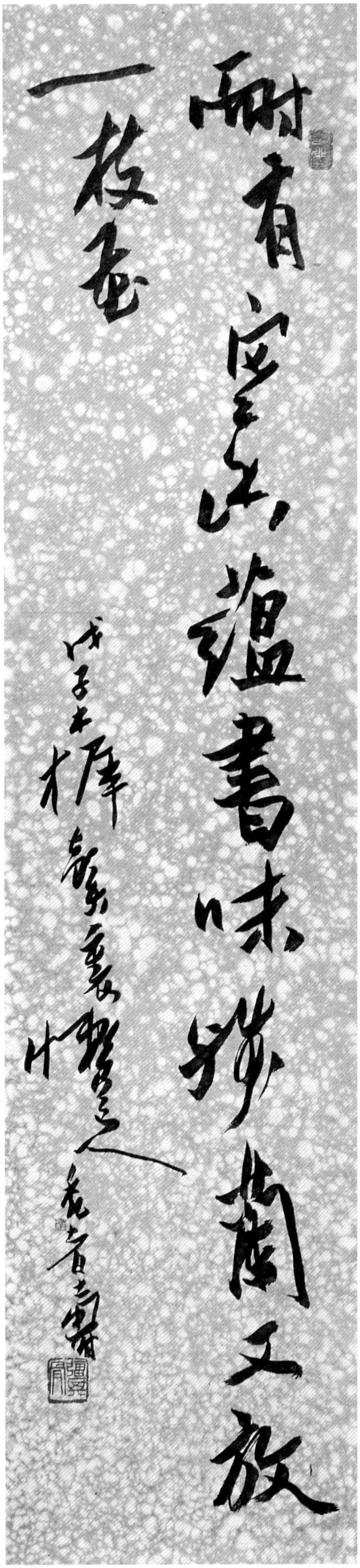
行書七言詩句

枯竹圖

蛙石圖

土膏寒有氣麻水稻棠梨
山雨白三經天荒人自頭
屋老多淚
辛亥雲山福姓芥
壽民先生屬
二門浮阿瞒書老

山居圖

西泠氣象

石背幽香圖

石壁松瀑圖

秋天雁飛圖

潭閑逢人語咶喁
河上荒寒尚官風尚
盜欲問乘槎客
隨見客片帆山
帶夕陽
⋯⋯⋯

曉秋仁兄
莘莘年夏

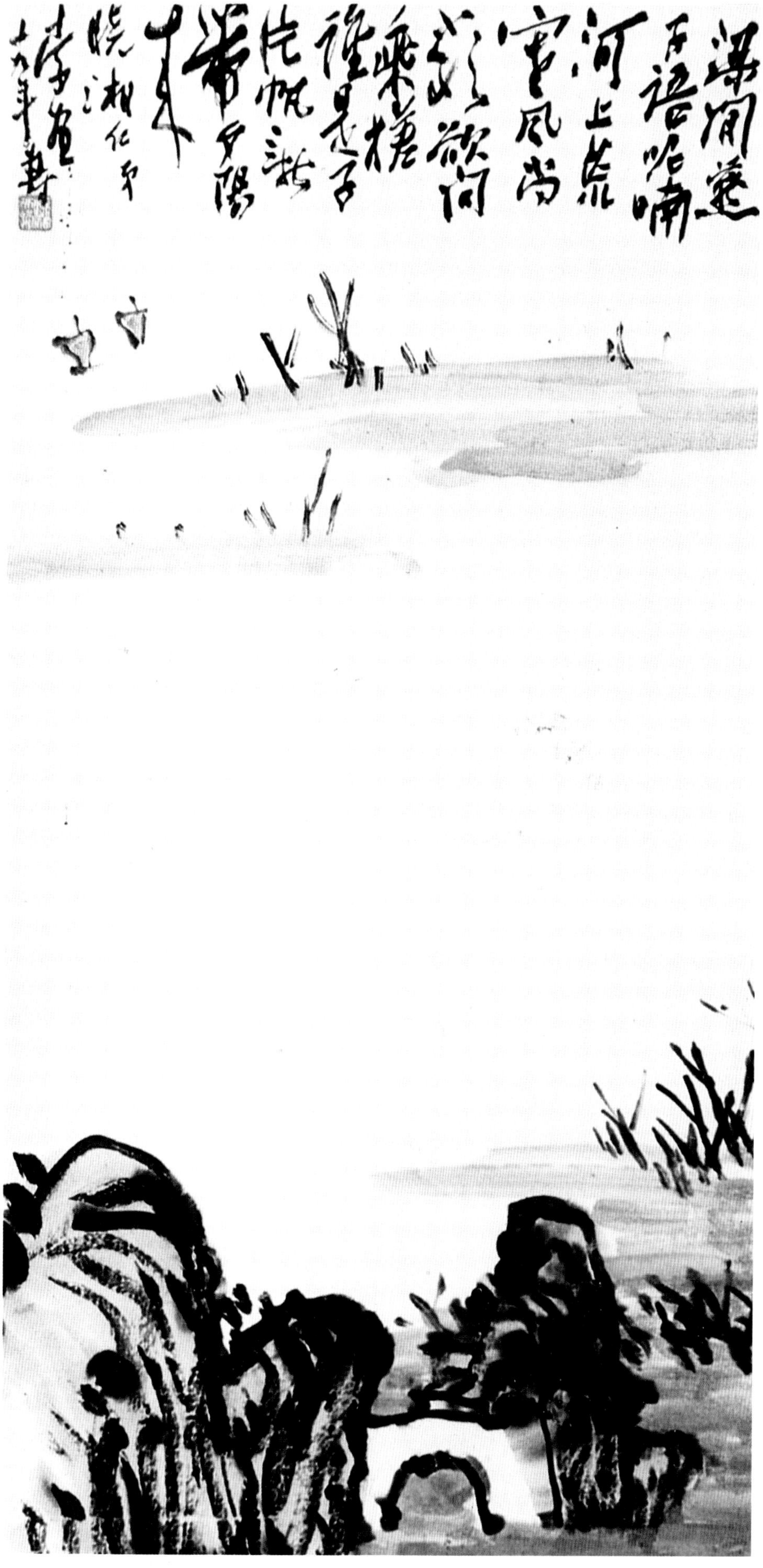

夕陽帆影〔圖〕

科頭跣足衣裳襤褸眉目顒顒眉宇日彩弈
弈昂然一梃杖浚珂瑀行立訂芒且蒼茫然
酒酣耳熱至題滬南鳳皇蒼鬣知音日苦筆墨
逗吳市浚衙誇綠涎至不勝風宇
戊子仲秋節至筆清朗比此進與阿蘭吉祥住持
壽者松西季記

梅花芭蕉圖

行乞圖

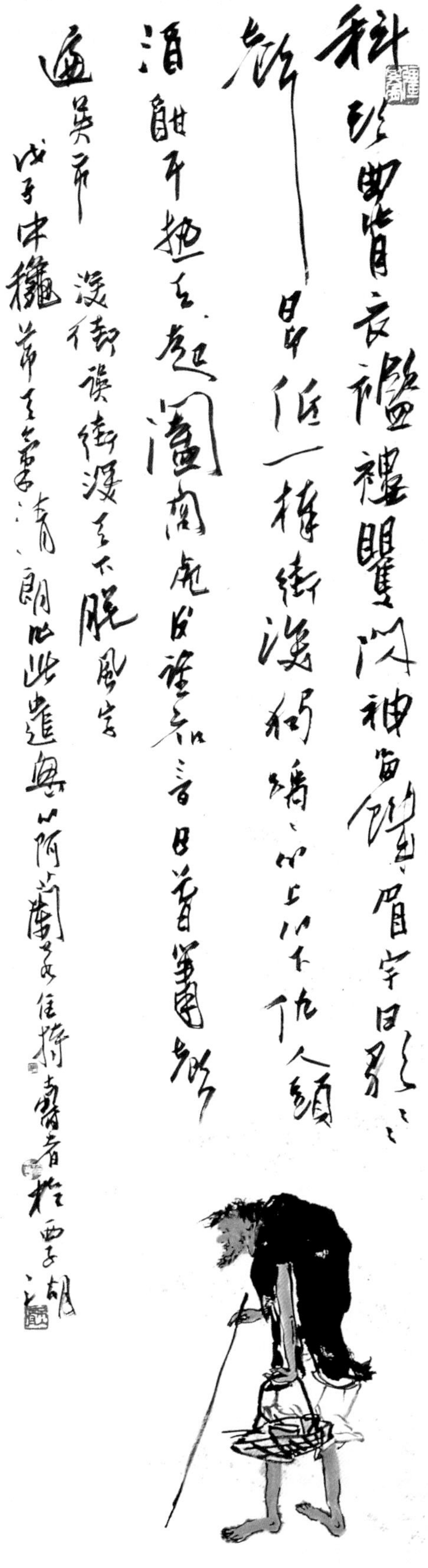

設色水仙圖

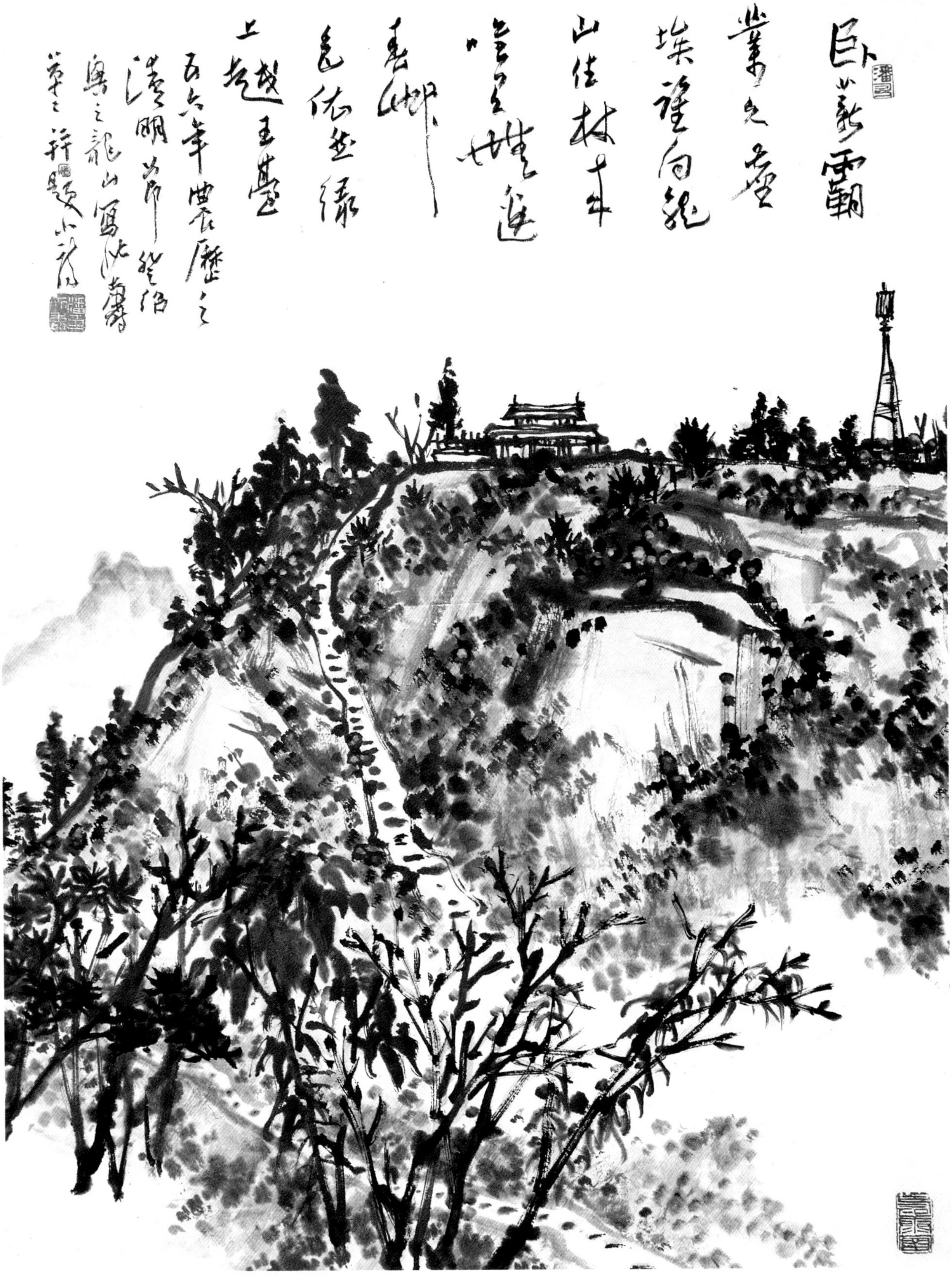

龍山圖

青緑山水圖

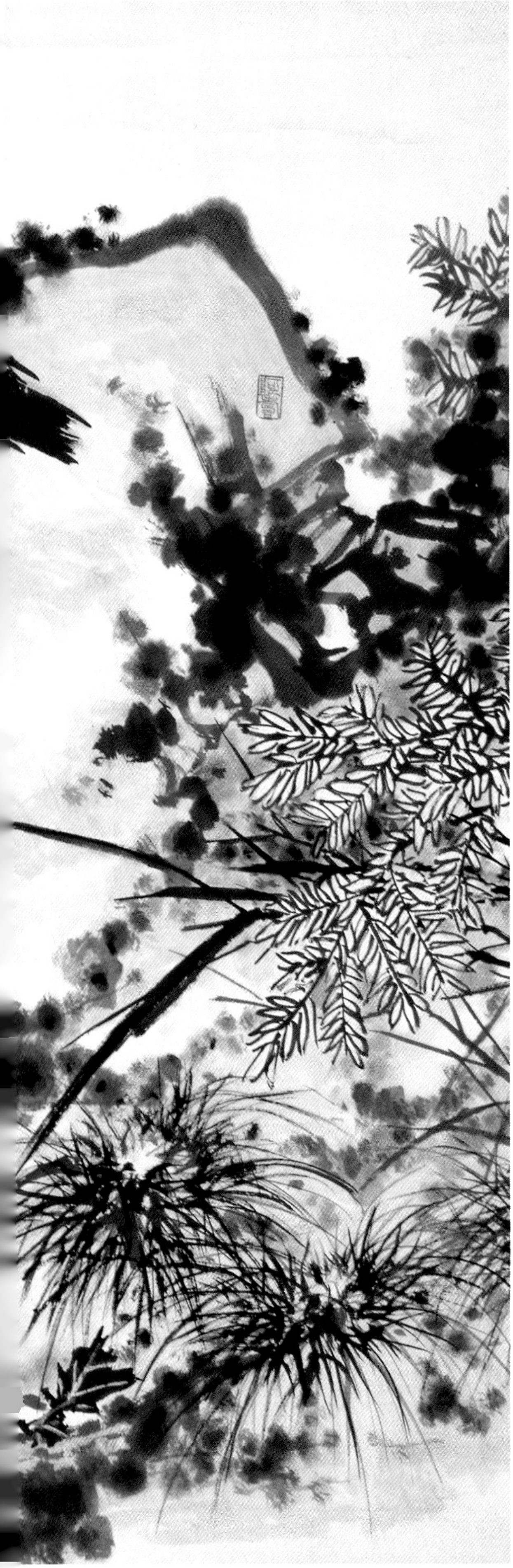

魚鷹圖

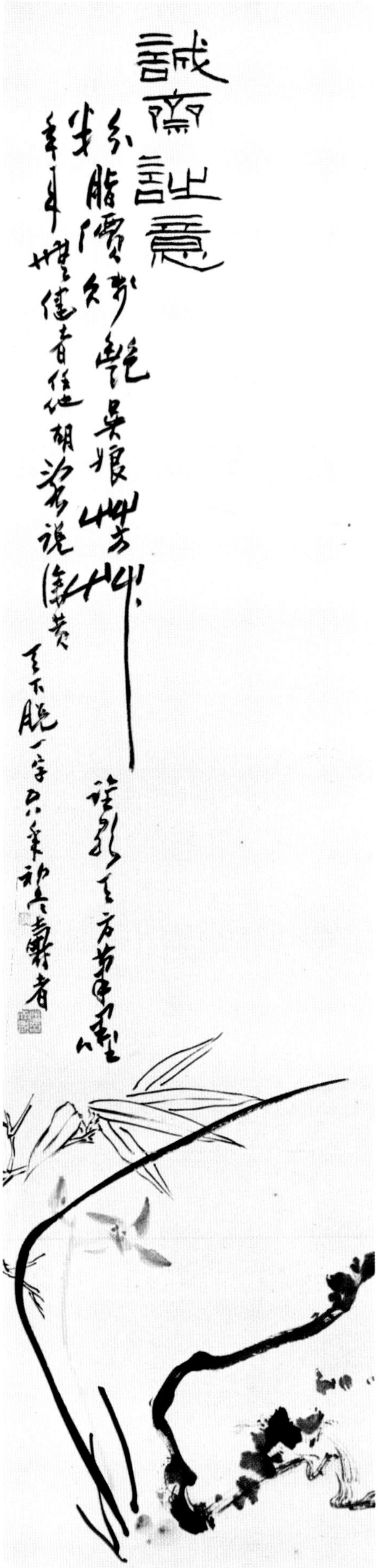

誠齋詩意

南邊青冠於雁山左石
齋六一奔黃梅開寫

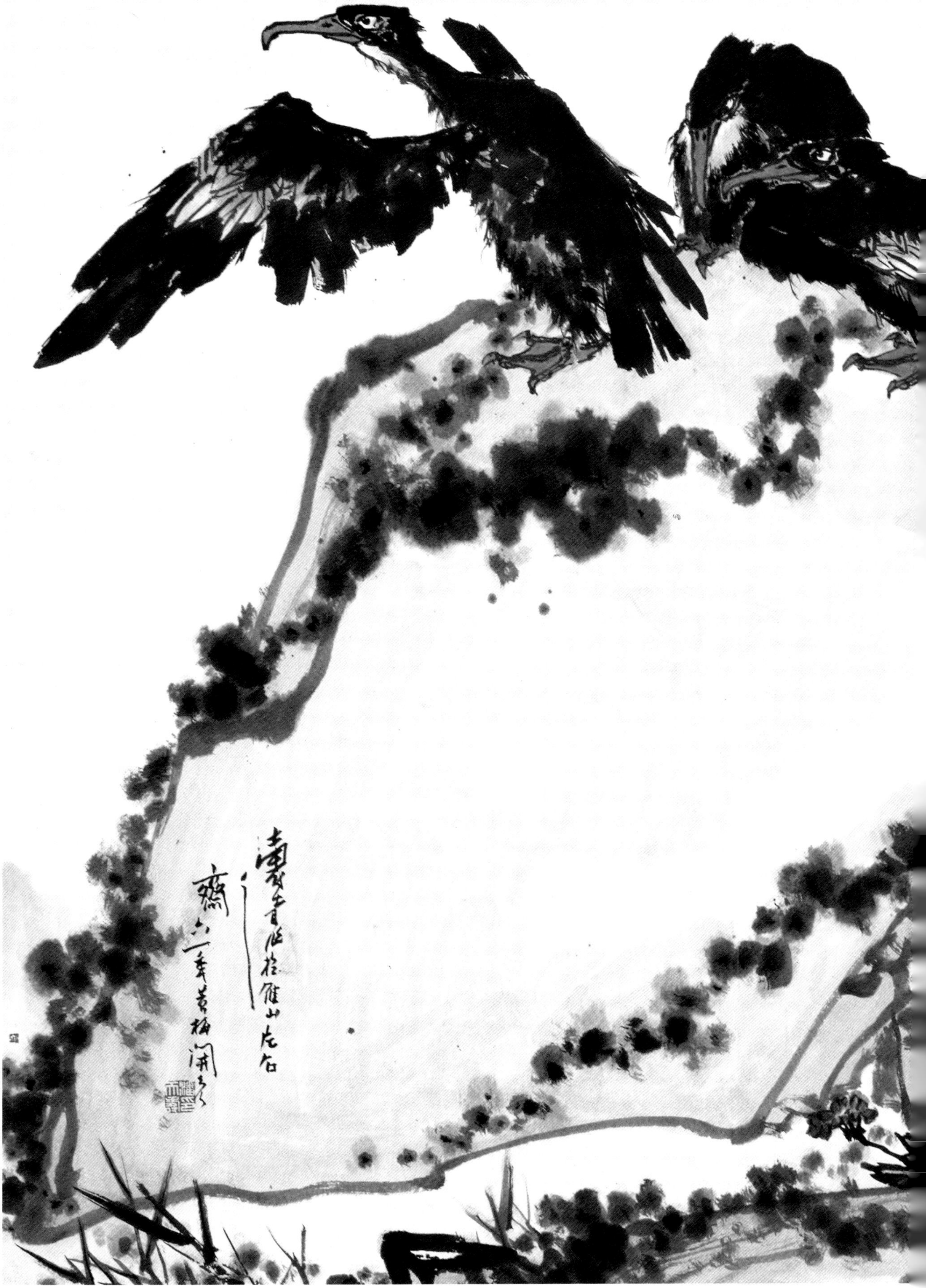

春草池塘詩意圖卷

朱荷圖

鷲石圖

勁松圖

雙清圖

蘭竹梅圖

秋蟹圖

春花圖

梅月圖

雁蕩山花圖

晴霞圖

無限風光圖

春風玉蘭圖

雄視圖

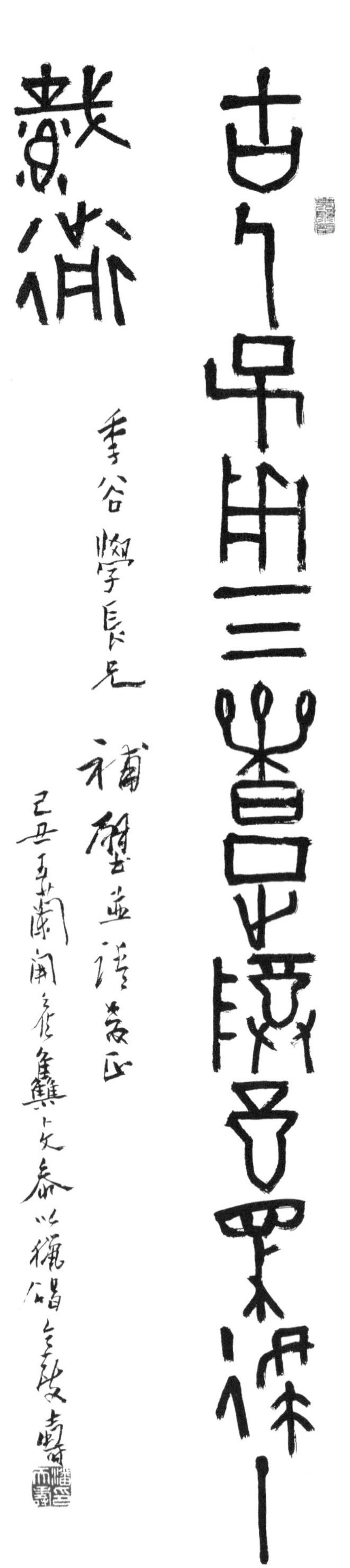

集甲骨文書七言詩句

凝視圖（指墨）

凝視

江州夜泊圖

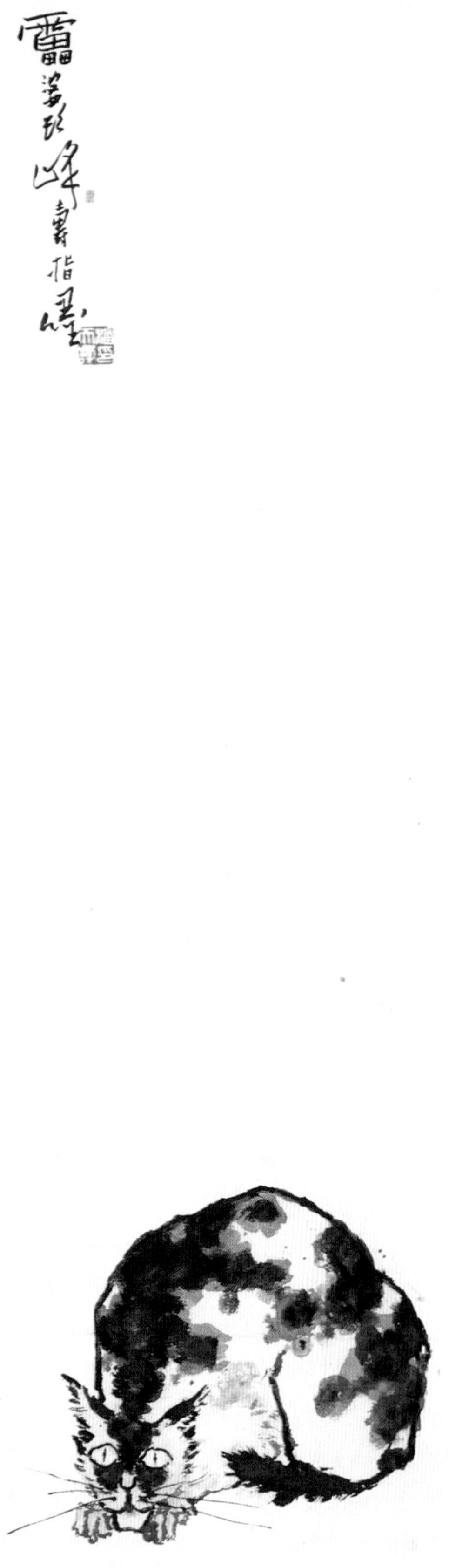

花狸奴圖

晚風荷香圖

睡鳥圖

記寫少年叫故鄉山邨中所見

六二青下寅冬末爲湖後壽者

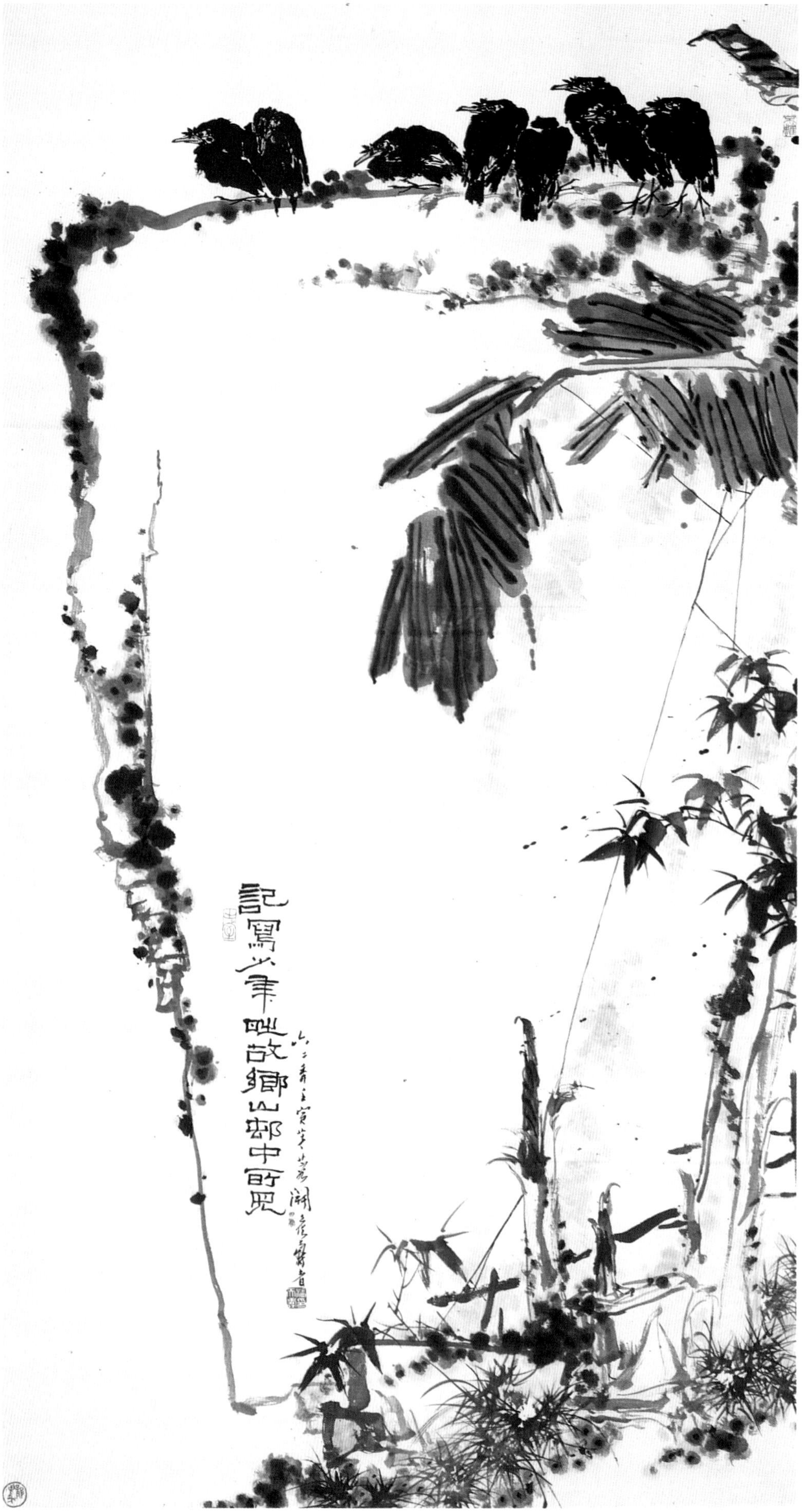

舊友晤談

墨蛙詩畫卷

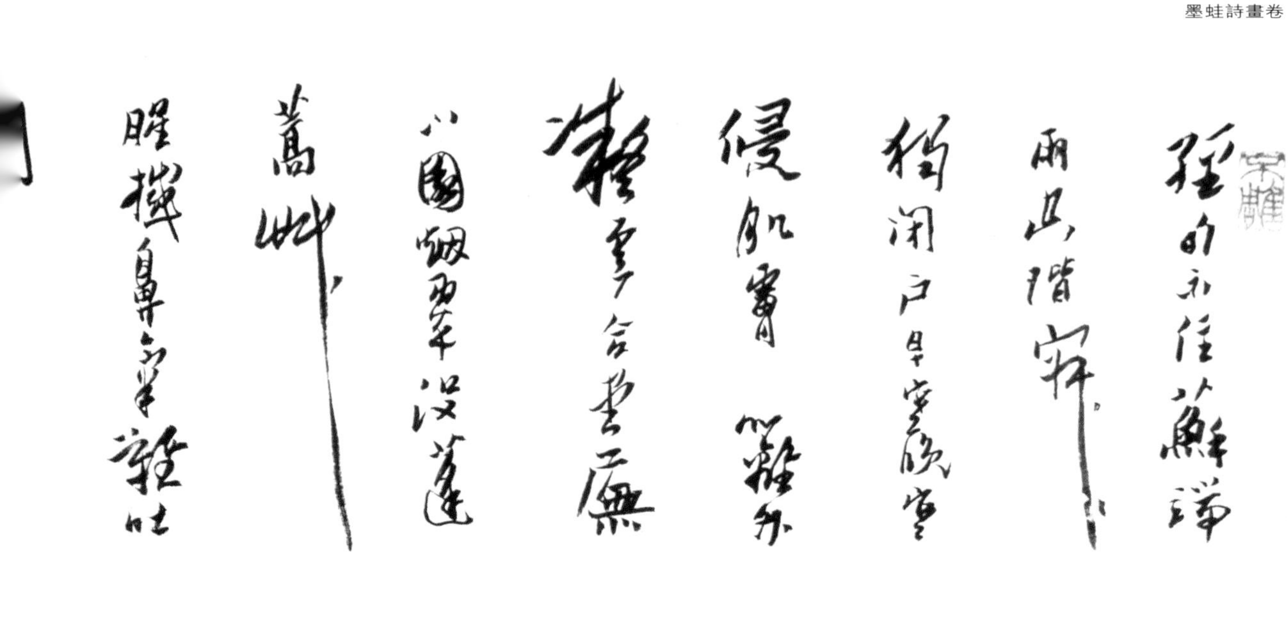

長松流水

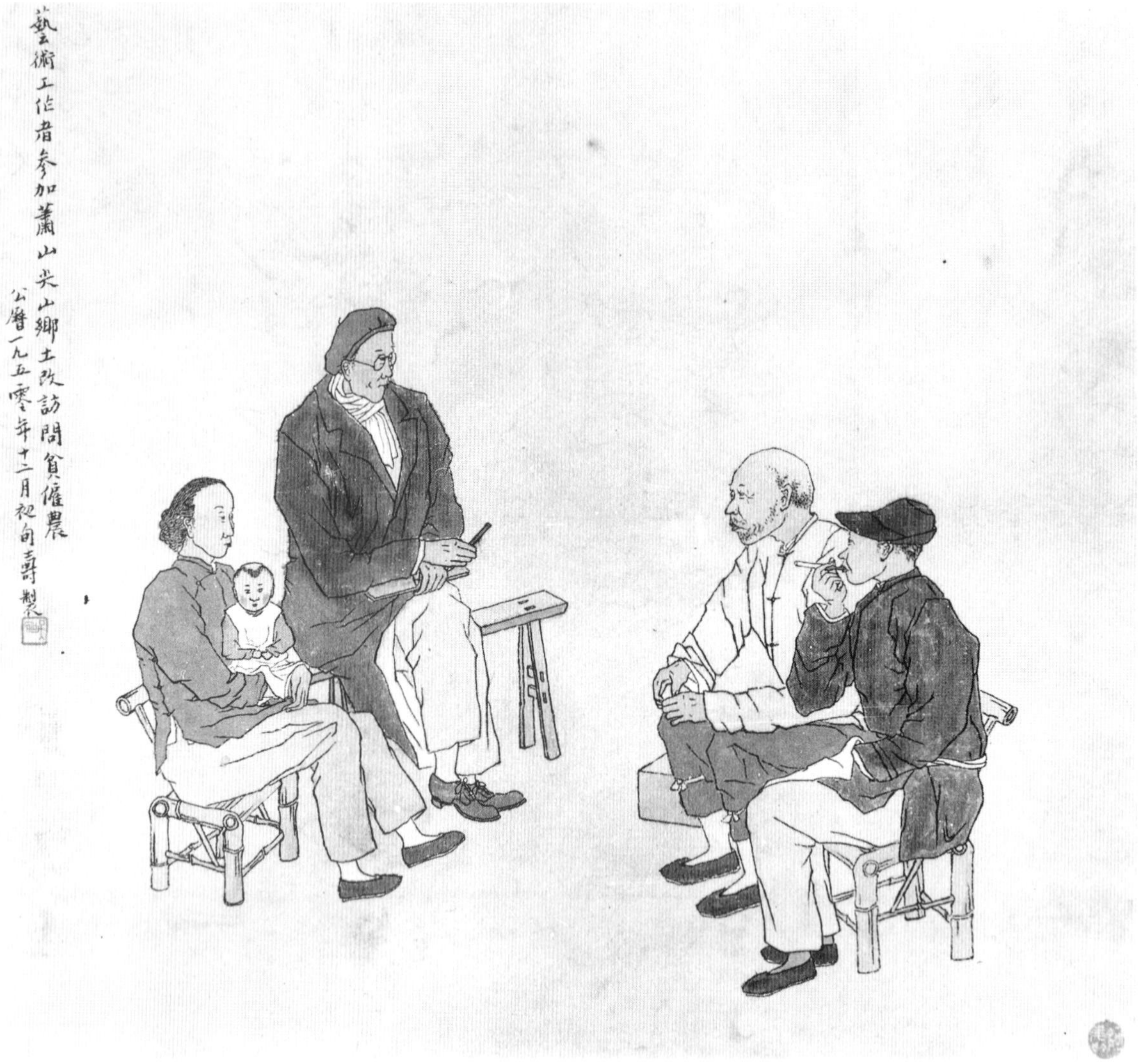
藝術工作者參加蕭山尖山鄉土改訪問貧僱農
公曆一九五零年十二月初向壽製

訪問貧僱農

秃頭僧圖

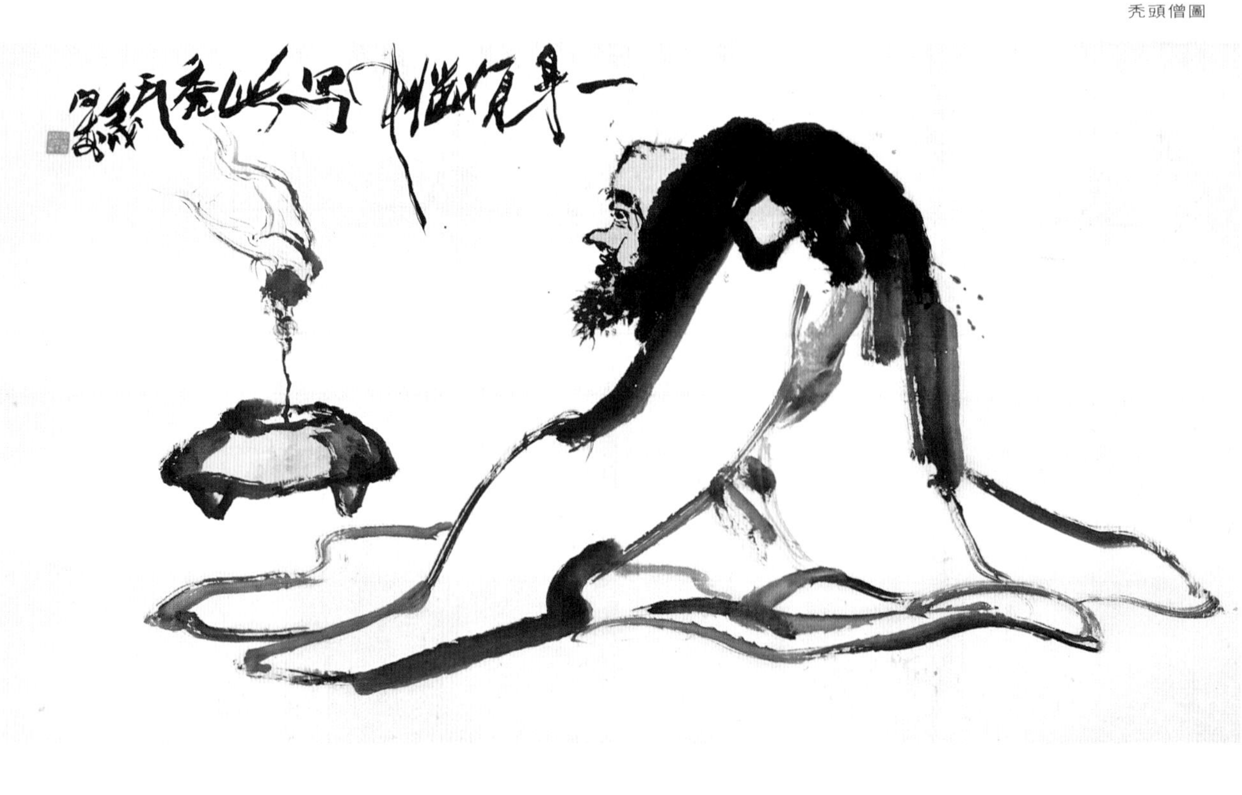

隸書臨《神鈎銘》

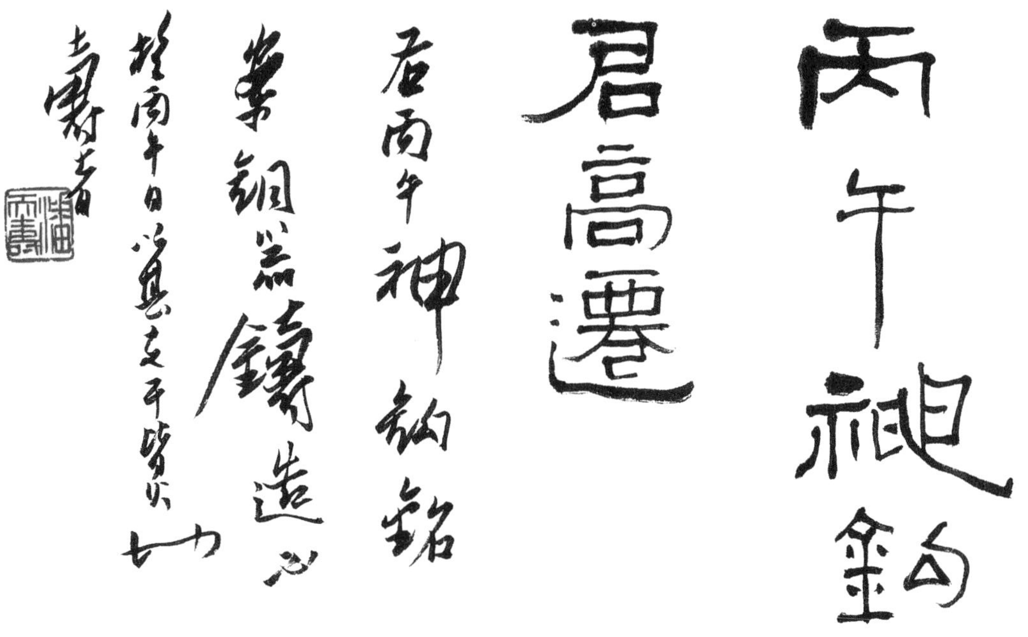

霜天暮鐘圖

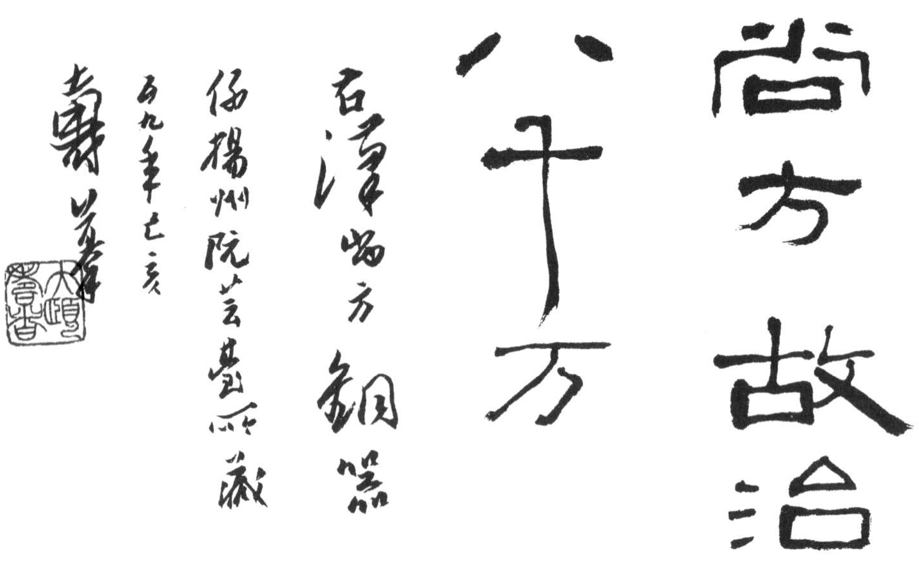

隸書臨《尚方銅器銘》

晴江曉色圖

行書自製《西湖雜詠詩》

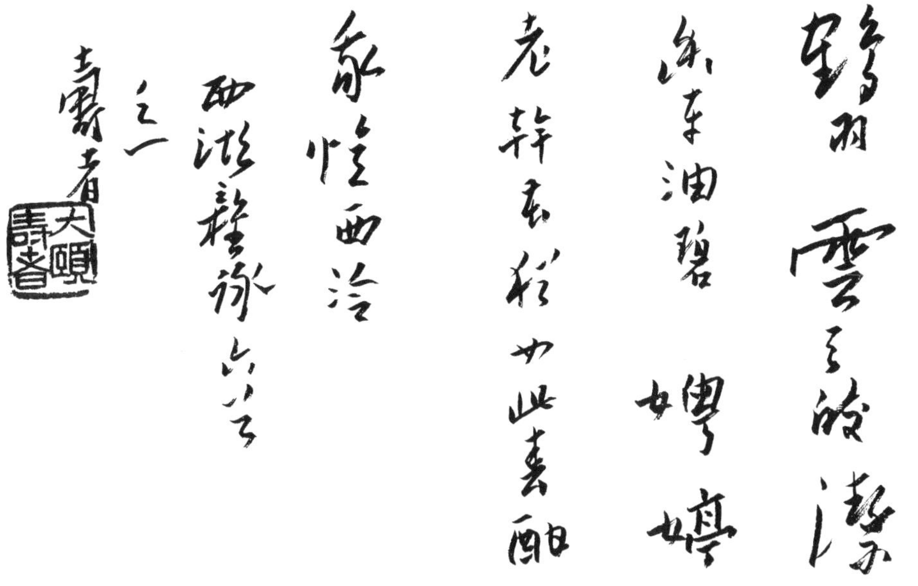

曉霞凝露

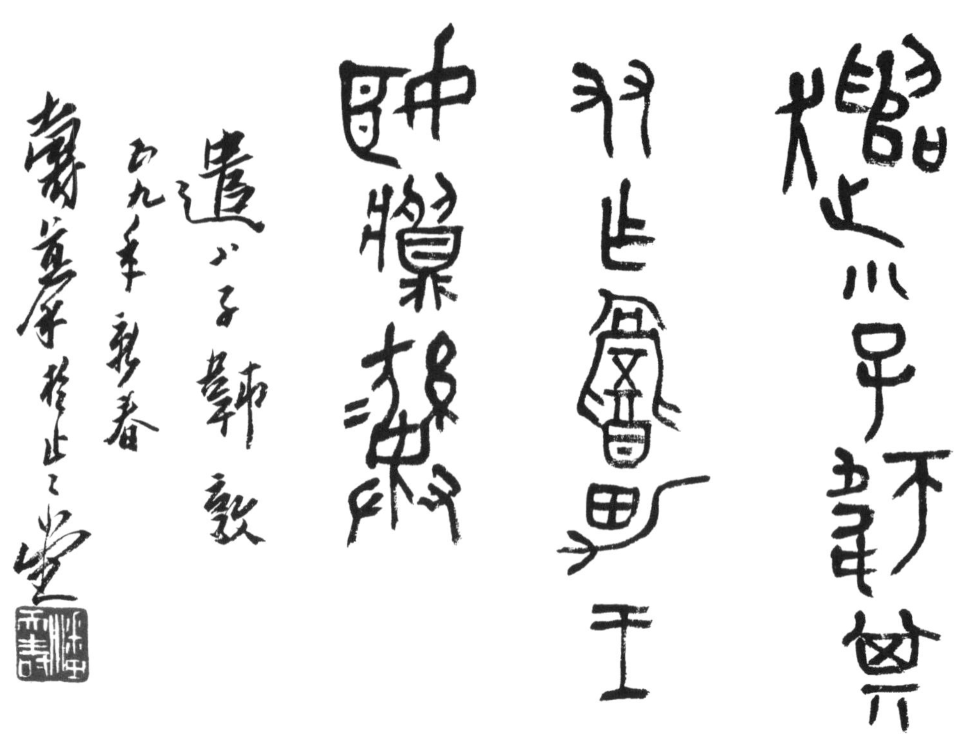

篆書臨《小子韓敦銘》

枇杷黃菊圖

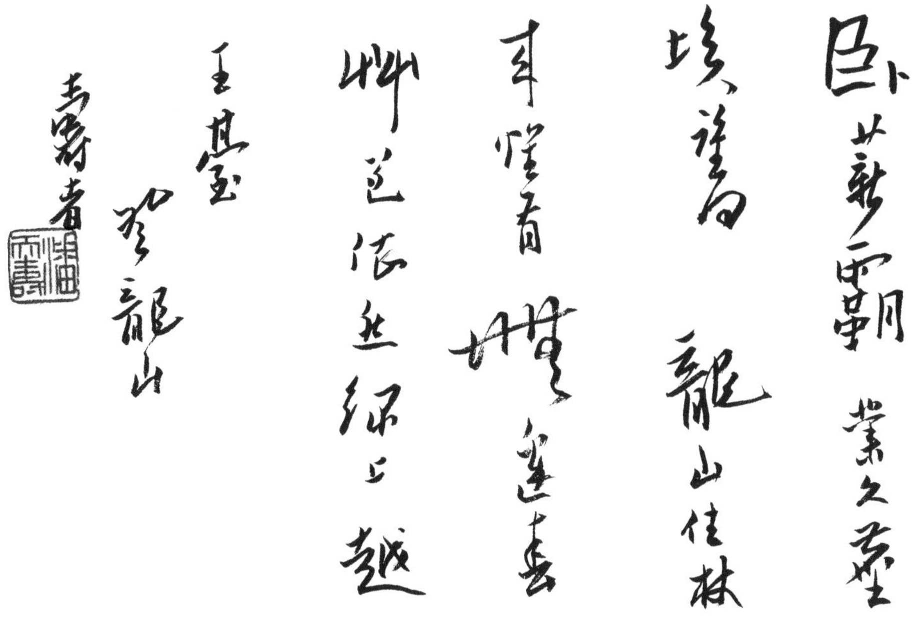

行草自製《登龍山》詩

晴秋圖

篆書臨《兮仲敦銘》

荷花圖

行草自製《題荷》詩

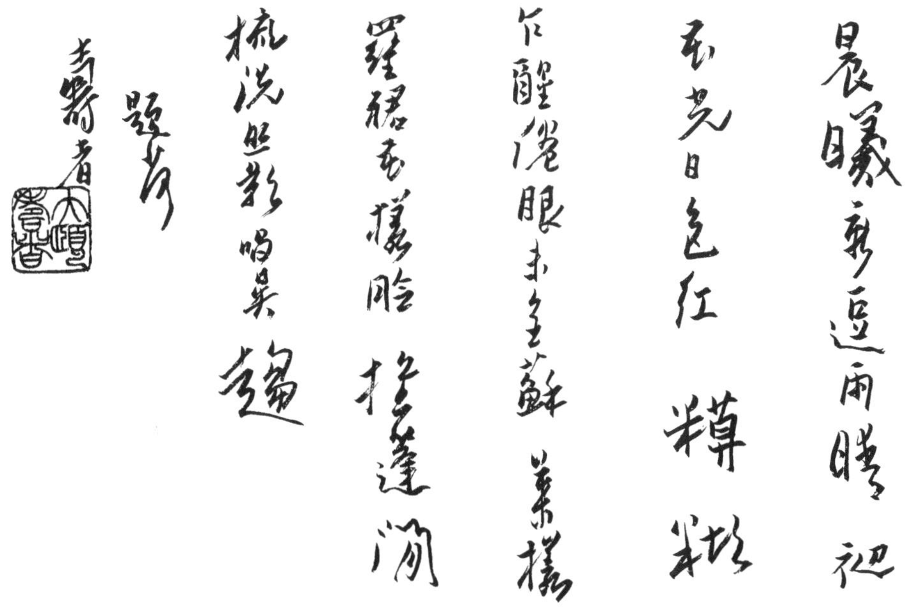

鱖魚圖

一天烟雨蒼茫裏兩部仍喧鼓吹聲
三十

烟雨蛙

龍湫一截圖

凌霄圖

秋晨圖

荷花蜻蜓圖

莘荑圖

魚圖（册頁）

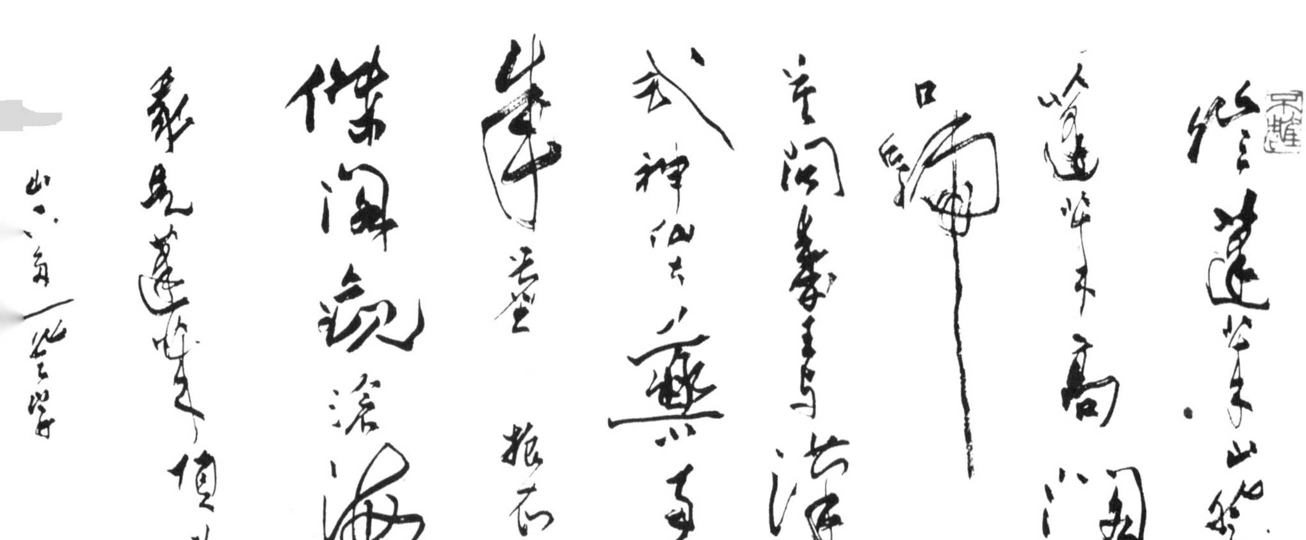

大巖桐

行書《登蓬萊》詩卷

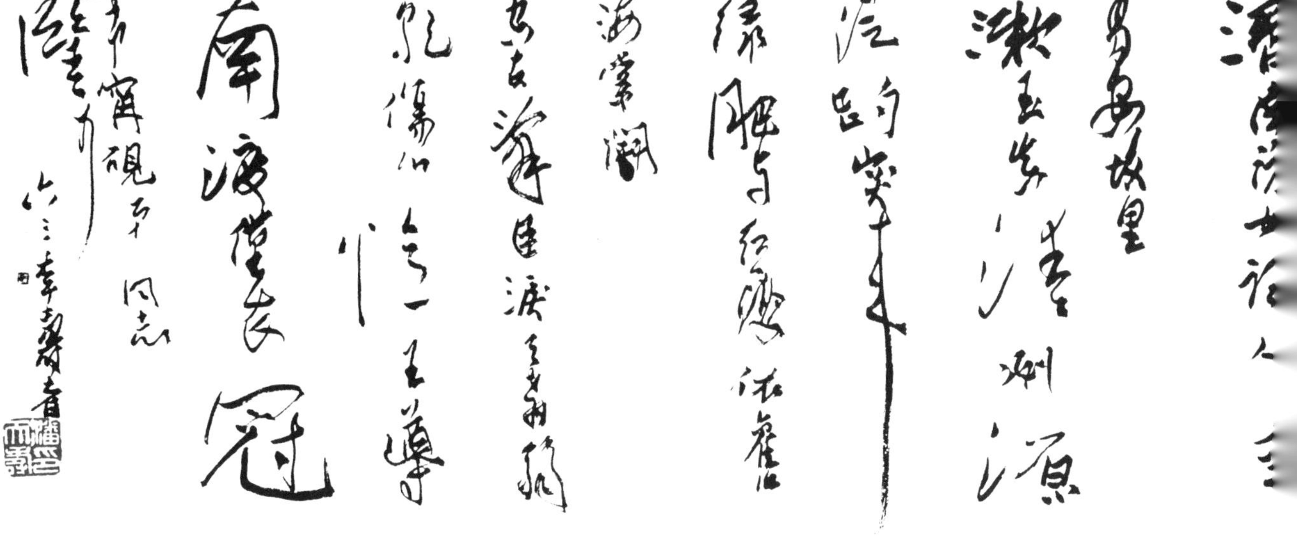

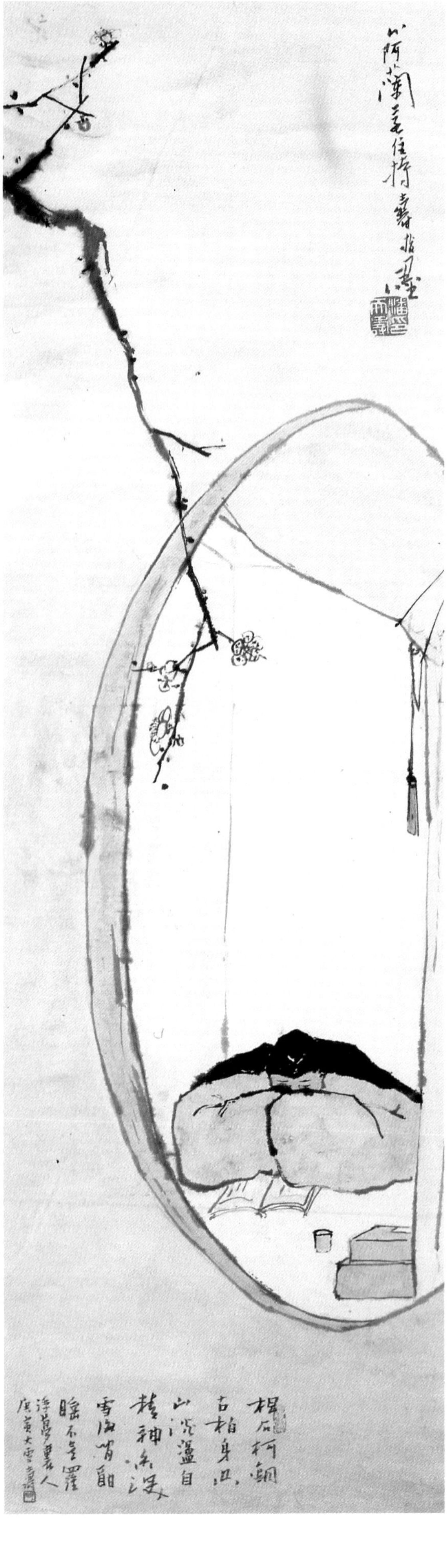

梅花高士圖

清晨臨曲沼 意緒
鶯解多多誰
閑步欄杆外 青雪
徑畫萬花 清景暮矇籠之

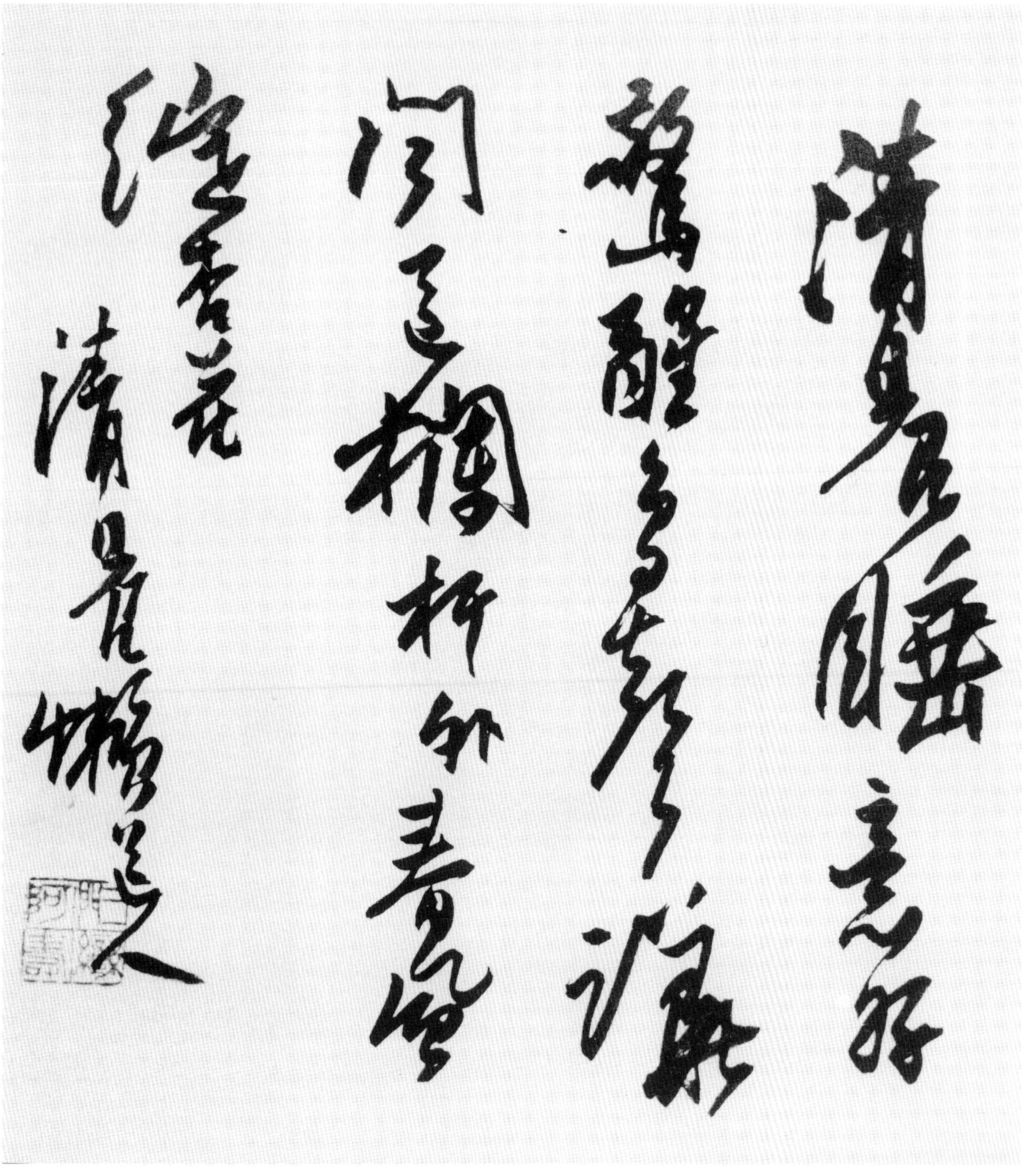

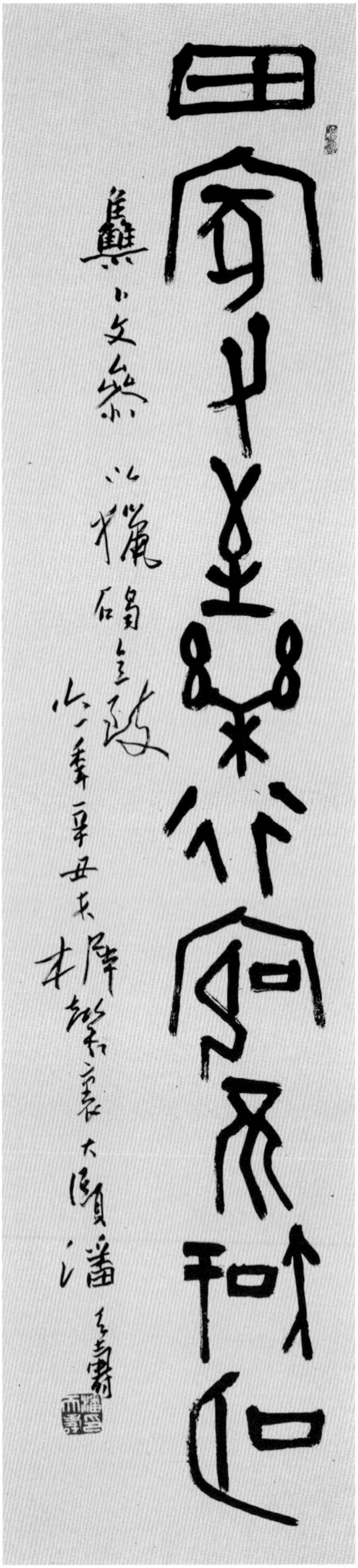

集甲骨文五言詩句

行書七言詩句

行草自製《登莫干山》詩

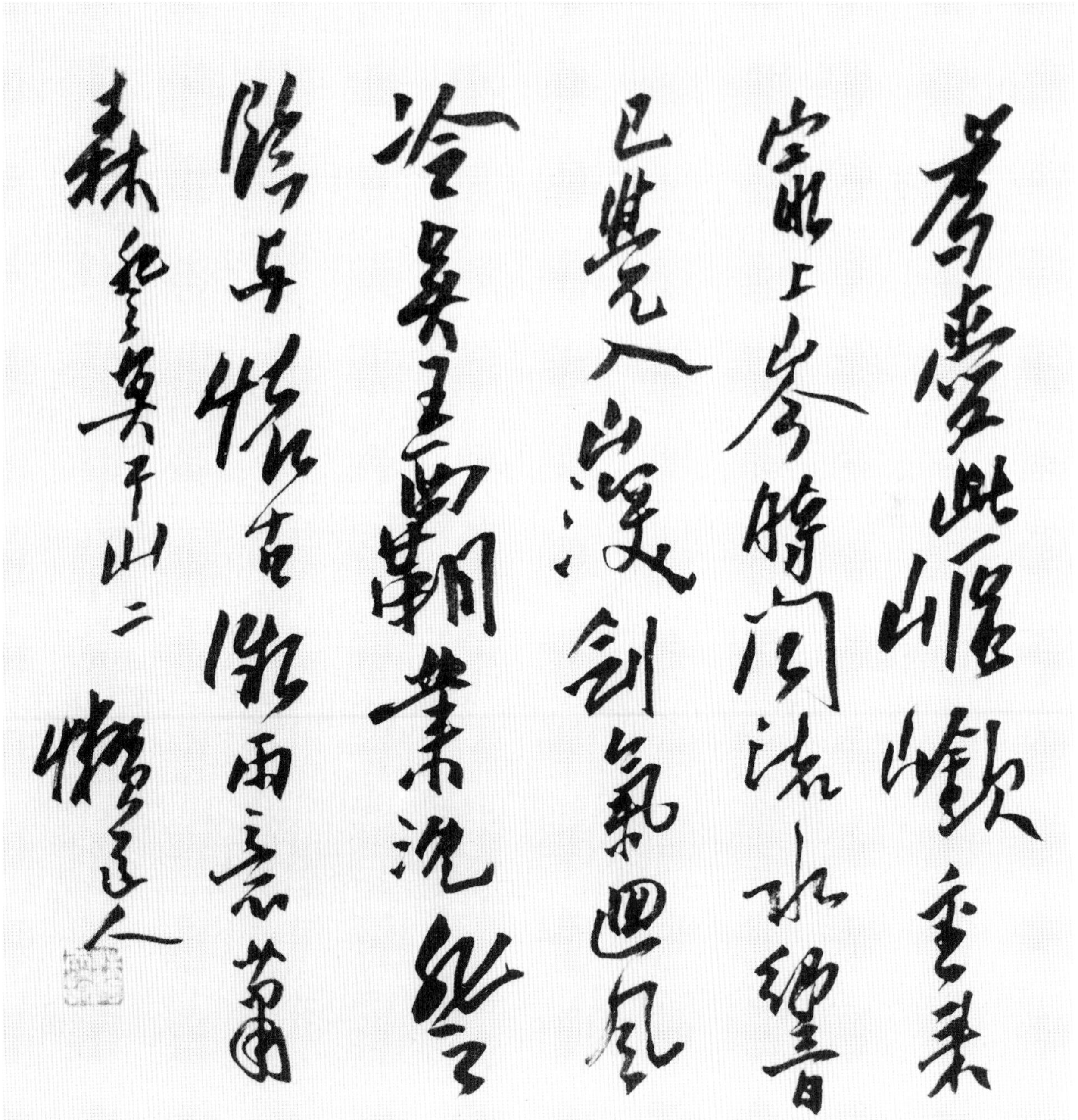

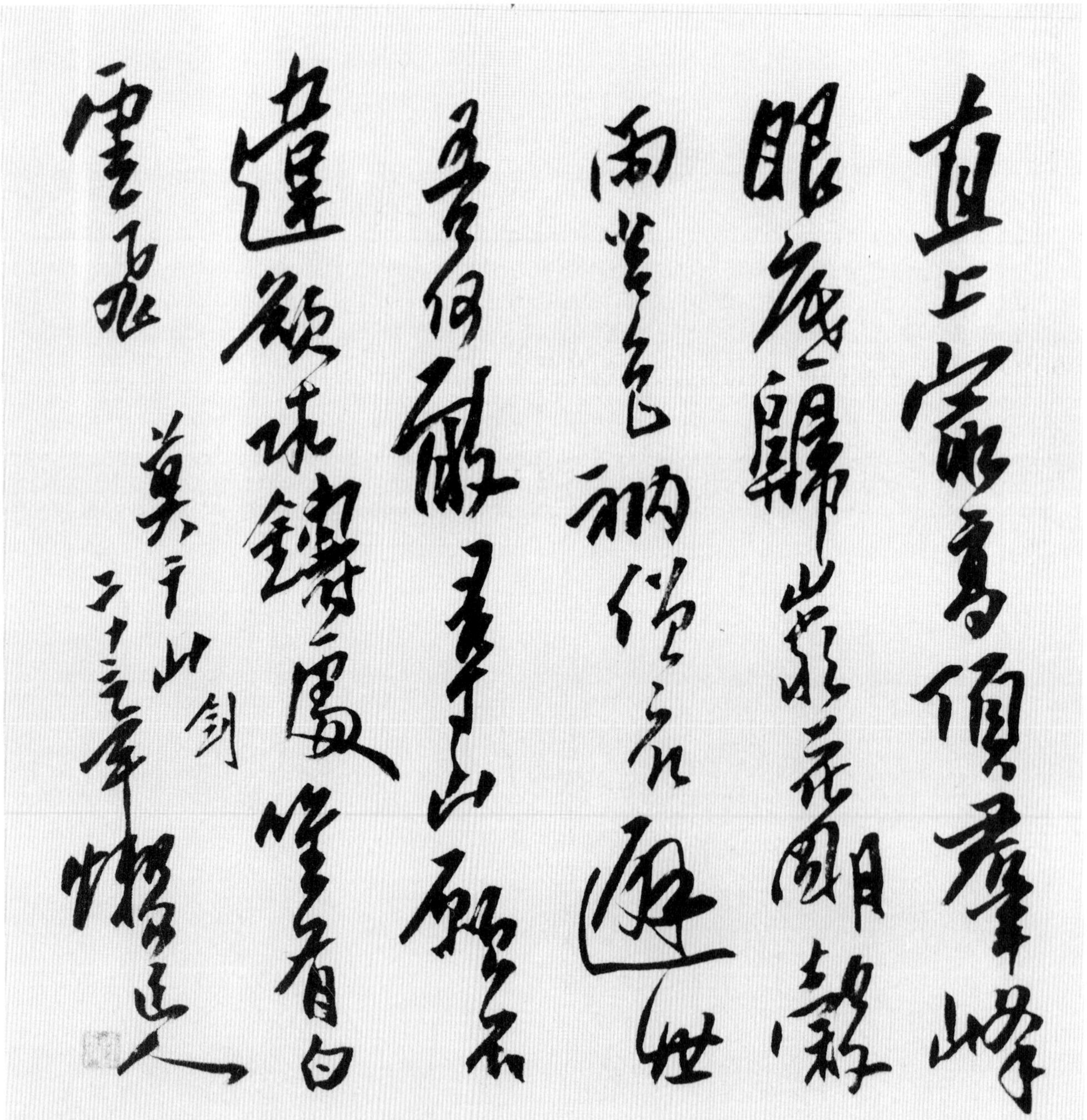

行草自製《莫干山·劍》詩

神工鬼詭靈光古洞屋
烟霞窟宅永鎖龜
甲苦封名笋莩傳
歸蒼苔落蘂雉語
夕陽斜龍井日烟霞洞去
相隨不睬憔悴

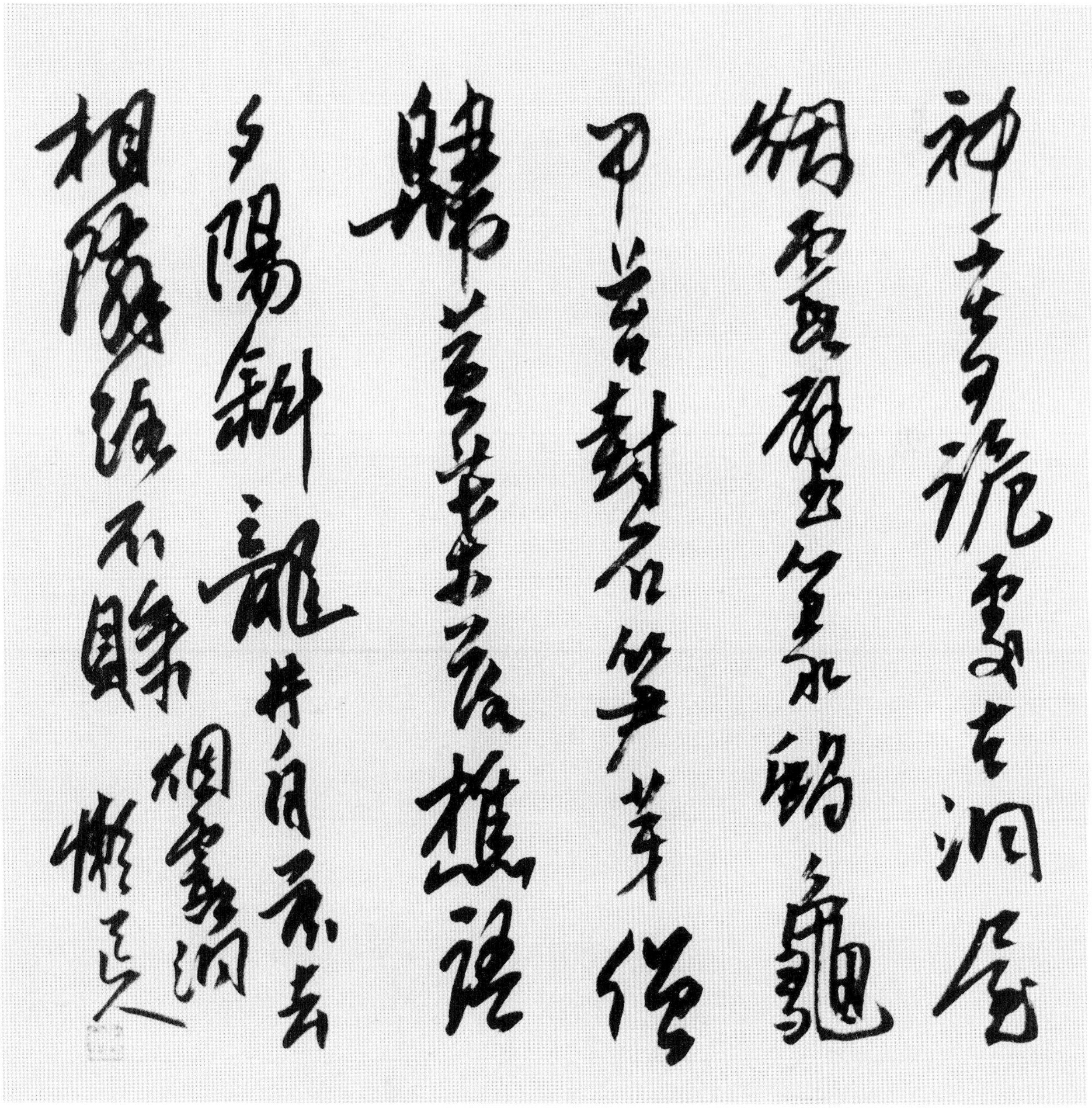

行草自製《一綫天題壁》詩

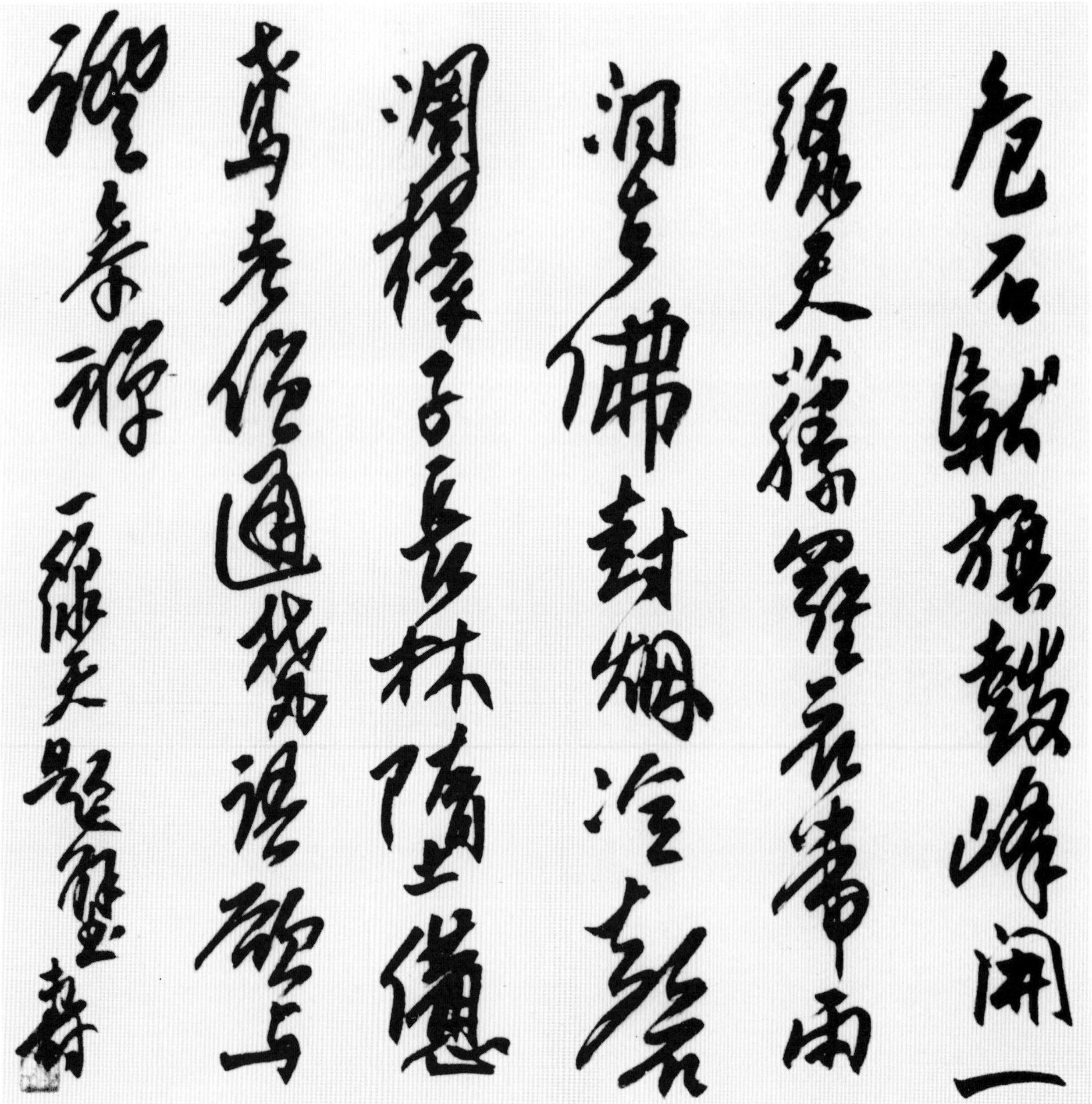

行草自製《啼烏曲》

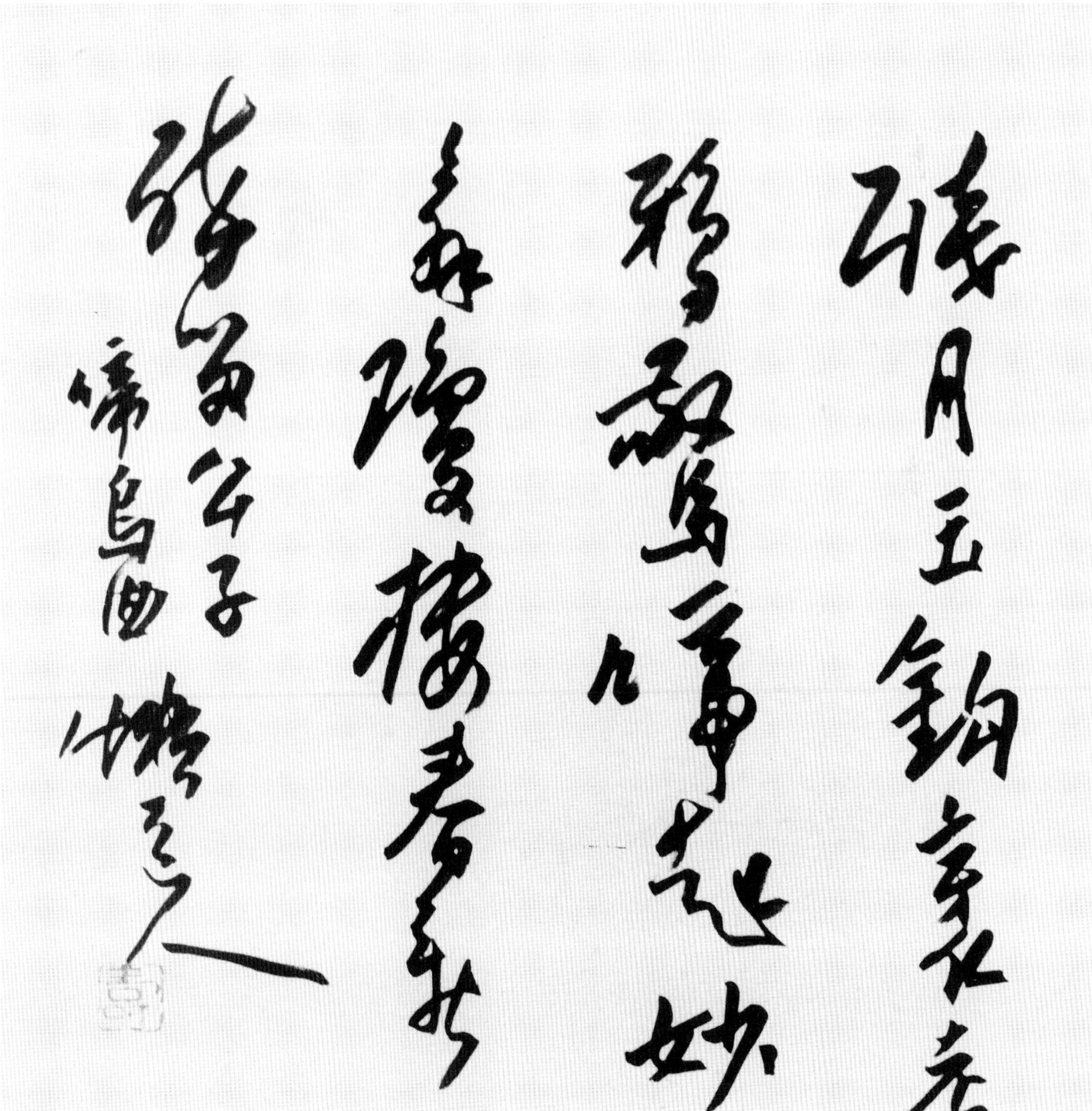

草書自製《野風》詩

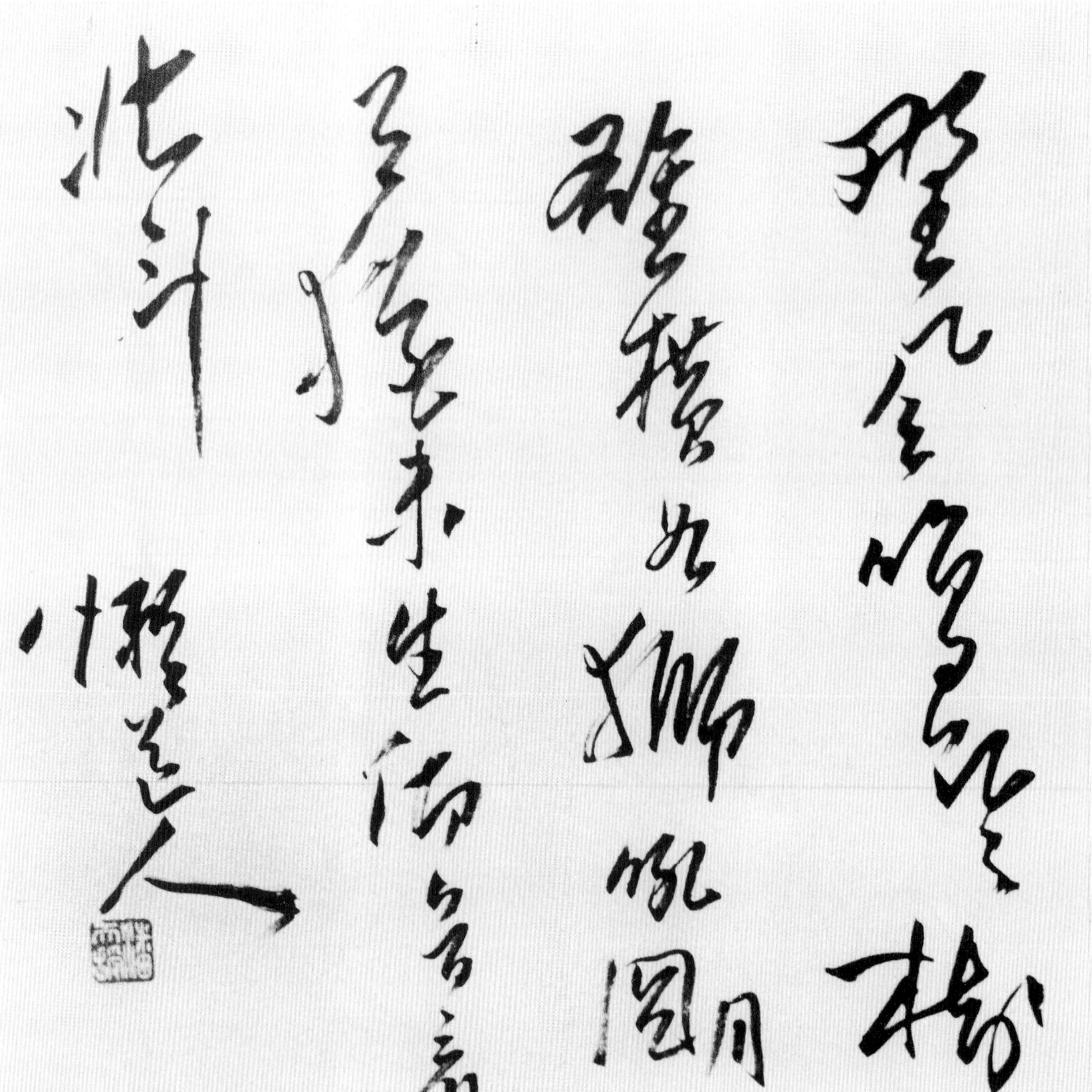

石上來蝶

春酣

夕陽山外山

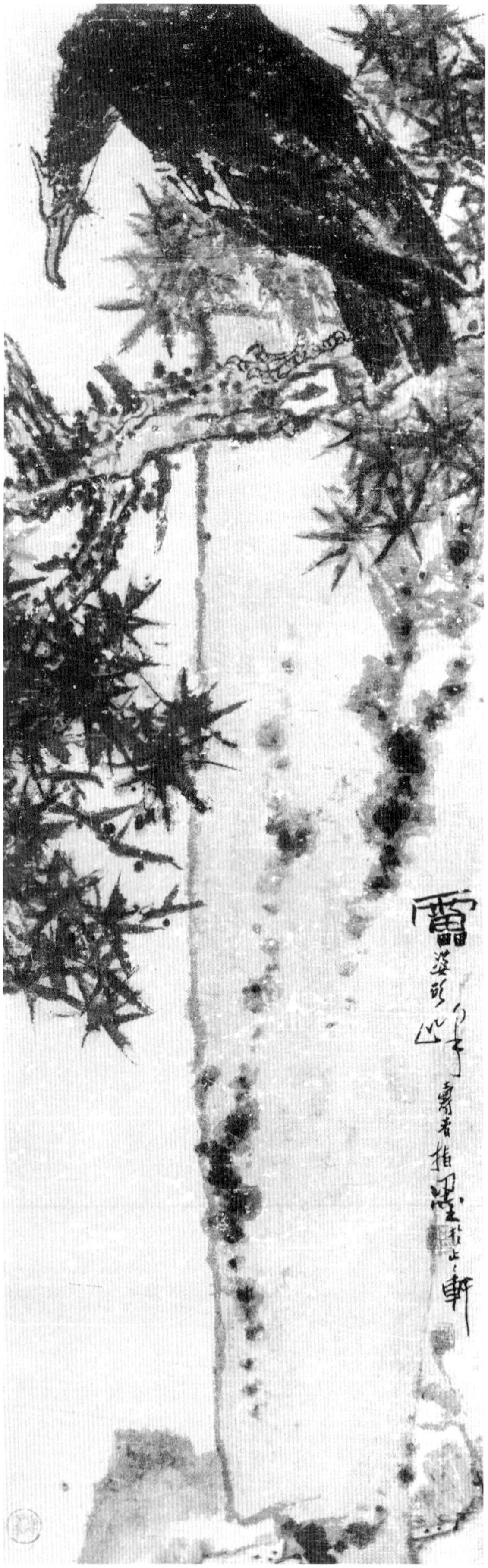

蒼崖松鷹圖

荷塘清趣

初晴

秋艷

新放

竹影離離

庭院小景

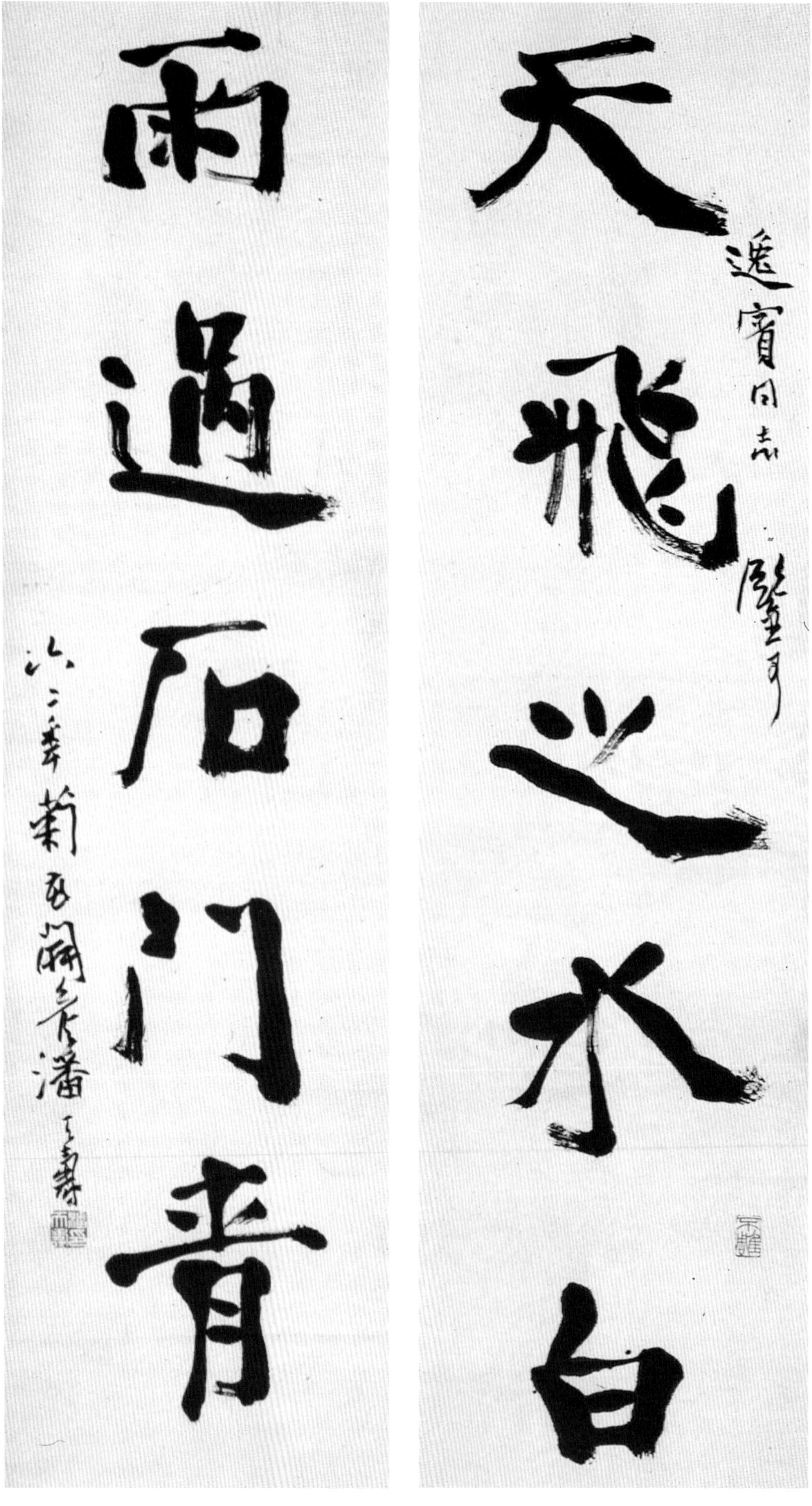

天飛之水白　雨過石門青

行草《題山水》詩

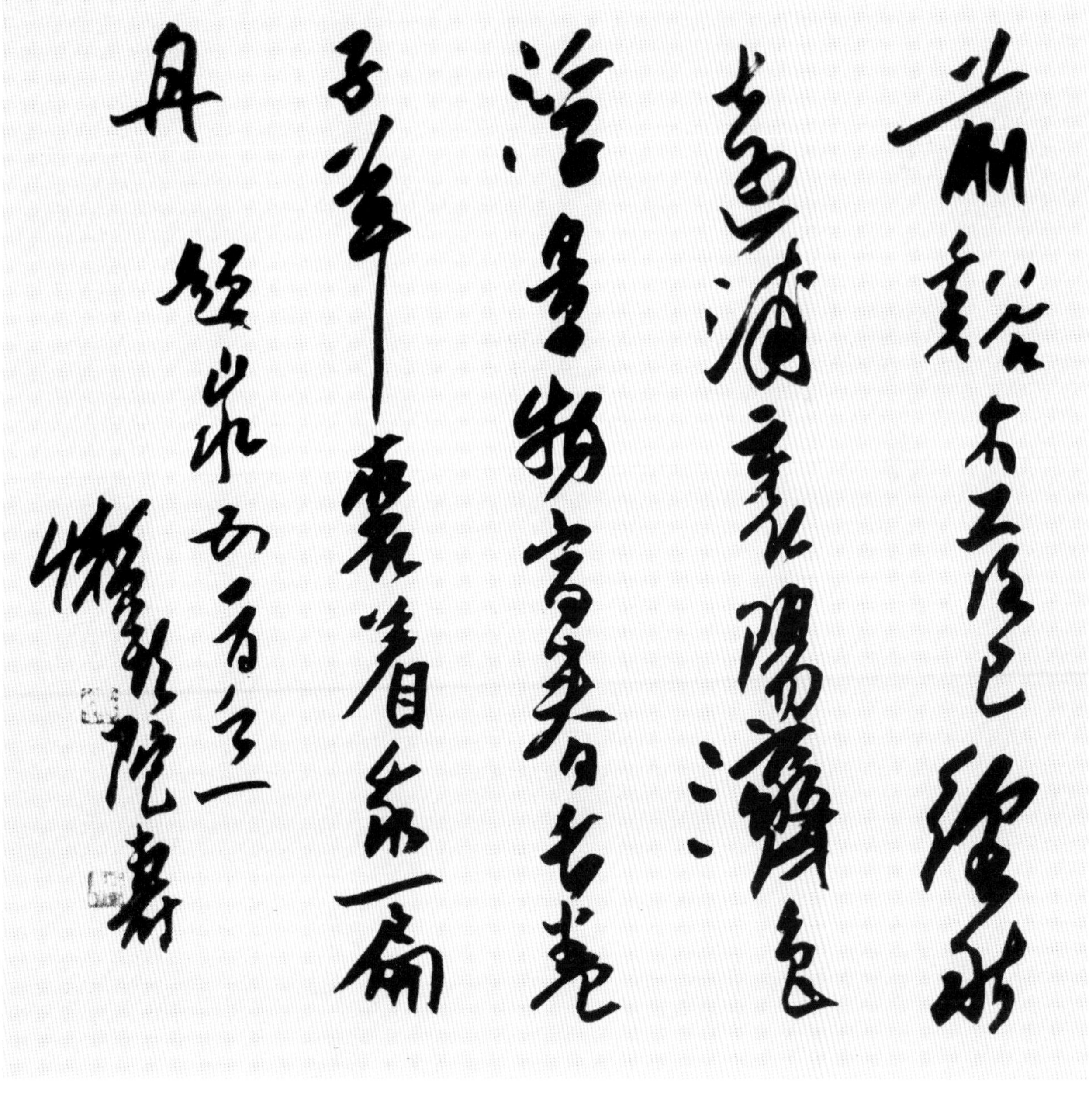

快意

處其后

西吳朱春城章

讀《朱春城印稿》後

□戴家妙

自元代以降文人印的崛起給印學帶來了新的活力。但到了二十世紀八十年代，因『士』的意義的失落，文人印的內涵也隨之旁落了許多許多。所以在我們的周圍，很難看到一些地道的文人印。前幾天，當我捧讀《朱春城印稿》時，心中隨即泛上一種感想：文人印又將崛起。

文人印的標誌是什麼？一是達情手段，所謂『達其性情，形其哀樂』（孫過庭語）。二是印面形式。蘇軾有句名言：『點畫信手煩推求』，此話落實到篆刻上面有三層意思：一，以己意任意爲之，求其通暢達情；二，大膽落刀，生動自然，意趣十足；三，得無法之法。這三點正是每位篆刻家自立家法的前提，捨此基石而作印，未免停留在模仿造作的表面，不能深入生活或思想的內層中去，僅爲印奴而已。這是目前篆刻界最大的通病。朱春城先生常與我談起治印雖爲小技，實本性情之類的話，亦常常告訴我他治印時的所得所失。但絕少與我談『刀法如何』，『字法如何』……我臆測他的苦心是避匠心之意。（凡印以出新意爲尚，至於踐不踐古人則是另外的問題。）他還同我聊起他在『文革』期間即有此酷好，苦無師承，不辨美惡，常取報頭之印來模仿，以慰好學之心。後因工作關係來到杭州，有機會接觸各地名流，交友日廣，見識益高。據他自述，在治印方面，除了受鄉賢前輩譚建丞、諸樂三的影響外，特別是在浙江省書協工作近十年中，得到了朱關田、林劍丹、金鑑才、余正、祝遂之等名家的很大幫助。他說每得閱印譜，必獲新的心得。由於早期取無定法，所以後來他的篆刻創作也很少有定法束縛，而是隨欲隨刻，純屬自娛。這或是他的印比其他人生動活潑的內在原因。

如果就印論印的話，其所體現的古質可從三個方面來理解：一是他的印骨勢潤遠，絕少滯遲的感覺。印章的骨體既可從章法中看出，也可從字法中看出，再小一些就是看綫條的表現。章法要氣勢貫穿而不相悖，自然而然，得其古意。字法的古質含義不一定強求每字都有來歷，其合古之處在於擬古又不限於古，妙在能離其所欲離，隨組合關係而能出新意，此不泥的關捩。至於綫的古質，直中含曲，正氣內蘊，不軟弱，不疲沓。每於轉折處，須有交代，非方非圓，非不方不圓。畢頓挫之意，又能泯痕跡者斯爲高手矣。

其次是他的印神完氣足，既盈又虛，風韻自出。質樸作爲一種審美感受後，尚須以得神韻爲目標。否則，片面強調質樸會誤入牛角尖。朱春城的篆刻除了上述章法、字法俱佳外，刀法老辣而有生趣，也是其印得韻外之緻的重要手段。朱春城先生常言他的刀法無定法，隨心而至，或左或右，或正或反，或衝或切……其目的是使刀的存在完全服從於『韻』的確立要求。古人所云：『衝切逢源無所不造其極者』，大概也是從求韻出發的。

再其次就是他的印有清雅流動的妍麗美感。文人印素來以趣取勝，而趣是以生動自然，錯落有緻爲根基的。因此，印求古質不宜捨其妍麗。或許祇有通過妍麗之類的風格形式

春城

朱子私鉢

朱某

如是觀

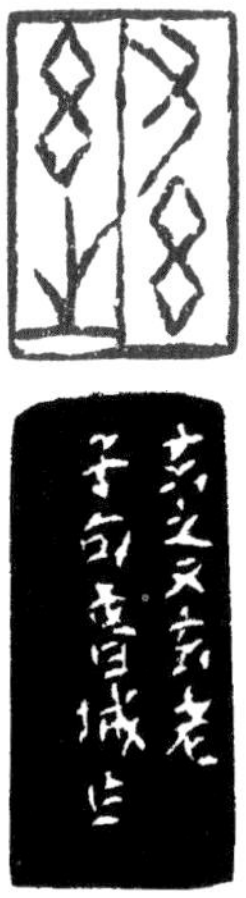
玄之又玄（連款）

守柔

朱鳳之印章

老學生（連款）

潘鴻海（連款）

少得

寧真率

非花

染倉

明者

的錘煉，反而能化出一種面目來。

依此我可以描述朱春城篆刻的形式風格：章法錯綜中有齊整，流動中有醇正的印味，字字呼應，筆筆生情；結字從古法出而能增損體裁，多見自然生動之緻；無論私印還是閑章，都能隨體篆字寫印，自成體制。雖有師承，但不全從師出；用刀爽利明朗，意在筆前，刀在意後；常以單刀衝出，不假修飾，足見功力，亦備其性情；於印面精神處均大膽落刀，自得趣味。作爲評判一位篆刻家的標準，上述形式風格足可言『踐古人而自出新意』了。

朱春城先生平日喜玩印石。據他自述他刻印都是在把玩石頭之餘，停蓄精神，碰到得意之時，取石下刀，不期工而自工也。這種因愛石而發刻印之衝動，是不是平淡之中暗藏刻印生殺的精神？我們的前賢們是不是也曾好此而產生精彩之作？我不作證，祇求領會，於精神而解之。如果故作妍麗生動，肯定如同喫生米飯般難下咽喉，如果印與石之間有相生相輔的契機，那麼佳作的出現是不足爲奇的。我是如此而想的，不知他人是怎樣的看法？

德澤西泠　花開藝叢

——趙樸初先生捐款儀式暨新版《西泠藝叢》首發式在杭舉行

□陳墨

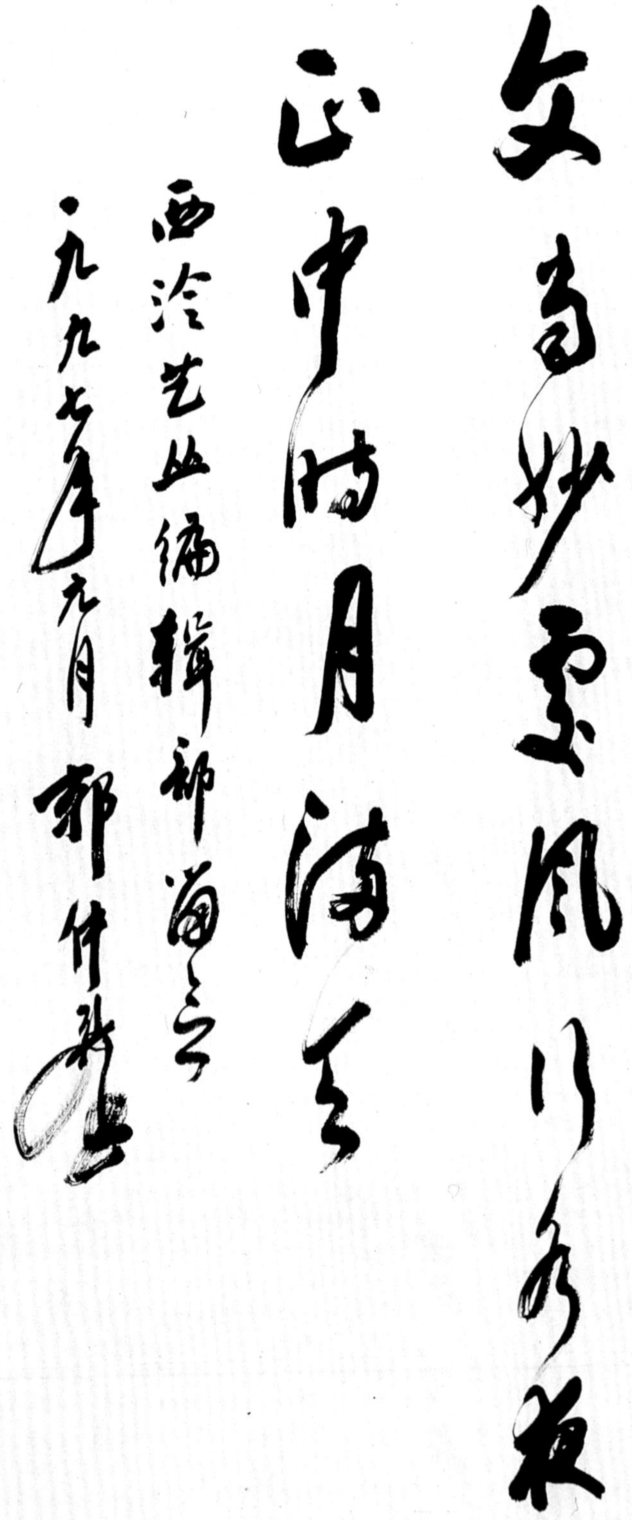

郭仲選
行草條幅

王伯敏
山水

由西泠印社及本刊主辦的《趙樸初社長捐款儀式暨新版〈西泠藝叢〉首發式》於1997年1月11日下午在杭州之江飯店舉行。浙江省人大常委副主任毛昭晰，西泠印社常務副社長郭仲選，副社長劉江、胡效琦，杭州市文化局局長李建國，西泠印社在杭的部分理事、社員，省市有關方面領導和專家學者共三十餘人出席了儀式。

郭仲選常務副社長懷着激動的心情宣讀了趙樸初社長給《西泠藝叢》編輯部的復信，並在熱烈的掌聲中把趙樸初社長的五千元捐款轉交給了《西泠藝叢》編輯部。

《西泠藝叢》作爲西泠印社的社刊，創辦17年來在國内外學術界有着廣泛而深刻的影響，遠在加拿大、日本、韓國、新加坡及港澳臺，近如東北、西北、西南等國家和地區的同道們都十分關心《西泠藝叢》。這次經過改版、增頁，全部采用進口亞粉紙，彩色精印，圖文并茂，成爲目前國内規模最大，質量檔次最高的一本篆刻書畫叢刊。

與會者捧讀新版的《西泠藝叢》，暢吐心曲，對于趙樸初社長在得到《西泠藝叢》復刊的消息後，當即寄來伍千元人民幣以助復刊之需這一舉動，與會者無不歡欣鼓舞，情緒高昂，並高度贊揚趙樸初社長敬業愛社的高尚品格和奉獻精神。大家認爲，這體現了老一輩藝術家對《西泠藝叢》的關心和愛護，是趙樸老的一片赤誠情義，這一片情義是非常感人的，難能可貴的。大家一致表示要以趙樸老爲榜樣，努力把西泠印社各方面的工作做得更好，把《西泠藝叢》辦得更出色，爲弘揚民族傳統文化，推進社會主義精神文明建設事業作出新貢獻。

儀式結束之後，與會的著名書畫家們舉行了筆會。大家興致盎然，染翰輔箋，揮灑丹青，熱情祝賀新版《西泠藝叢》的首發成功。這裏刊出部分書畫家的即興作品，以饗讀者。

劉 江
篆書條幅
游於藝

俞建華
淺絳山水

駱恒光
草書唐人詩

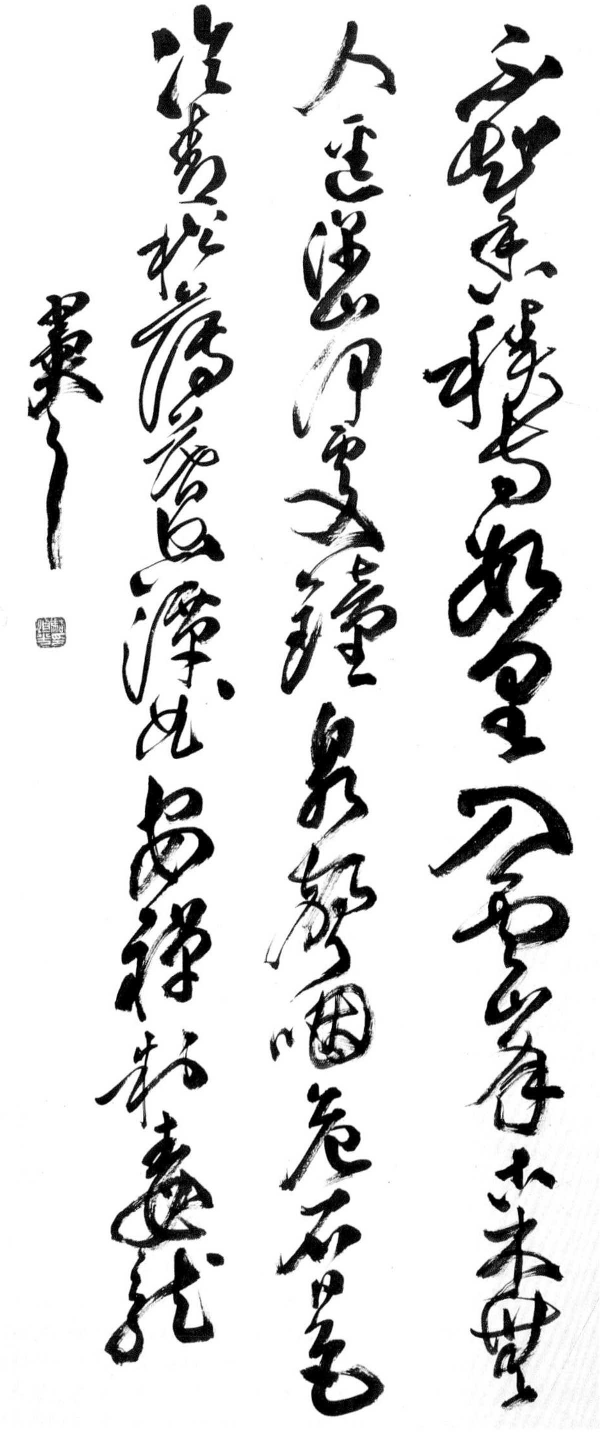

飽覽湖

張岳健
牛年大吉大利圖

蔣北耿
行書宋人詩

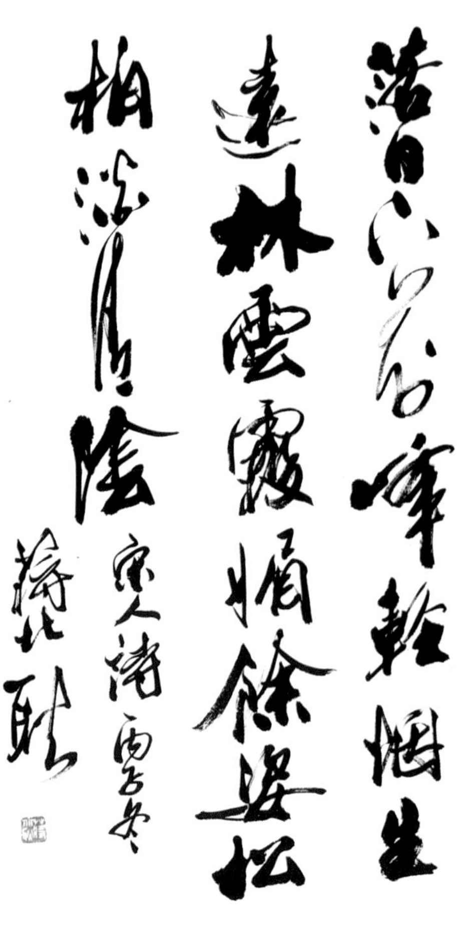

孔仲起
更上一層樓

吴山明
淡墨寫出無聲詩

周滄米畫展作品選

山雨過後

周滄米又名昌米，一九二九年生於浙江雁蕩山麓大荊鎮。一九四八年考入杭州國立藝術專科學校，一九五九年畢業於浙江美術學院中國畫系，後留校任教。現爲中國美術學院中國畫系教授，中國美術家協會會員，西泠書畫院研究員。

滄米自幼酷愛繪畫，早年深得黃賓虹、潘天壽等老一輩畫家的教誨，傳統功底深厚，造型寫生能力扎實，并深諳中國傳統畫理畫論，學養頗富，他性格豪放、豁達，極富山林之氣質。早年從事人物畫創作，頗得傳神之奧秘，在同輩青年畫家中已嶄露頭角。漸入中年後，閱歷日深，隨性之歸依專攻山水畫，藝事更臻成熟。足跡遍遊大江南北，三上黃山，四入巴川，西攀天山，北登長白，縱覽岱、華勝景，並探海嶠諸幽，胸襟得以開拓，下筆渾樸蒼茫，氤氳綿邈，氣勢磅薄，格局雄奇；每作江南牧趣，亦能清新閑遠，別具水鄉情緻。

滄米少年愛好書道，孜孜不倦，至今成績斐然。他以書入畫，促使書與畫兩相催發，情藝交融，有鮮明的風格，達到較高的藝術境界。

八十年代以來曾在北京、南京、濟南、杭州、福州、臺北等地舉辦個人畫展，深得各地同行和觀者的贊

驚飛水鳥一雙

白鷺點碧波

譽。著有《周滄米畫集》、《滄米畫集》等專集。

滄米從教三十餘年，退休後，在其故鄉雁蕩山下營造了一幢畫室，近年來積累了不少巨幅佳製，一九九七年新年伊始，中國美院陳列室舉辦了《周滄米畫展》，展出的作品中很大一部份是近期寫生創作所得。該畫展得到了藝術界同仁的高度評價。

（陳蓮）

蒼山暝色

霹靂震太谷白龍舞中天
乙亥重陽清華

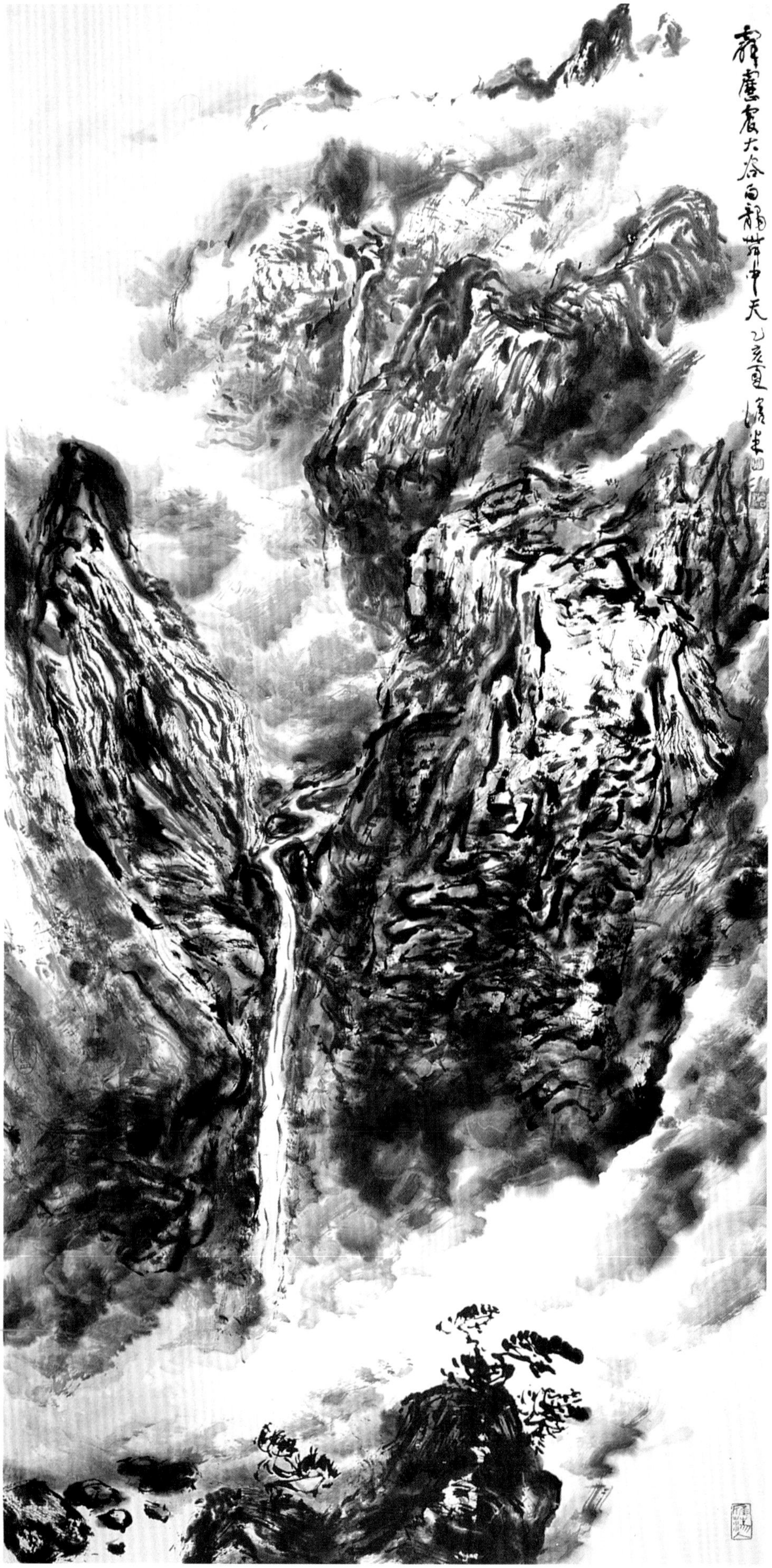

白龍舞中天

田源畫展作品選

立軟高枝不肯飛

寒芳圖

田源，1960年1月出生於貴州貴陽，仡佬族。1984年考入浙江美術學院（現中國美術學院）中國畫系花鳥專業，1988年畢業，獲文學學士學位並留校任教。現爲中國美術學院講師，浙江省中國花鳥畫家協會理事。浙江省美術家協會會員。

1990、1991、1992年分別於吉林、杭州、臺灣等地舉辦個人畫展；1993年出版《田源作品集》；1994年參加『第二屆全國教師優秀美術作品匯展』；曾參加全國第六、七、九、

野塘雀影圖

秋霜孤影

十一屆『當代中國花鳥畫邀請展』。1989年以來作品先後獲省美展創作獎、三等獎、青年美展銅獎。『華王』銀獎，入選『第八屆全國美展』,1995年參加《浙江省美協第一回推薦展，中國畫》，1996年獲『浙江省第三屆中國花鳥畫展』銀牌獎和組織獎。近年來作品及條目編入《中國少數民族美術史》、《中國美術家》、《中國高等美術學院作品全集》、《中國美院作品展選集》、《中國當代藝術》、《當代中國花鳥畫集》等大型辭書和畫冊。作品曾到日本、美國、加拿大、法國、香港等國家和地區參加藝術交流展覽。1997年元旦於杭州舉辦《花鳥傳情——田源中國畫展》。

秋池臨風

宋哲金（湖北）
篆刻
新歲上層樓

高慶春（黑龍江）
篆刻
自家寶藏

鄭更綫（浙江）
篆刻
牛年日利大吉（連款）

洪丕謨（上海）
行書對聯

松全森（北京） 山水

汪易揚（北京） 面壁圖

吴持英（浙江）
潑彩山水

孫群豪（浙江）
篆刻
千門萬户日曈曈

朱光復（浙江）
篆刻
復歸于樸

宋　琰（寧夏）
篆刻
挾天子令諸侯

安多民（山西）
篆刻
牛年生肖

張浩榮（山東）
篆書條幅
錚錚鐵骨絶俗塵
勁枝總先天下春
不慕鉛華重本色
每因風雨見精神

陳培林（浙江）
楊誠齋詩意圖

陳　芳（女・浙江）
篆刻
二泉映月